UNA PERFECTA ROSA AMARILLA

—Hablando de rosas . . . esta es para ti, preciosa.

Su corazón palpitó con la fuerza que ya estaba acostumbrándose

—Deja de ser tan a

La sorpresa que

tarse de inmedia

dad.

—Jamás.

Acarició el dorso de la mano de Julia con su pulgar. Ella sintió como si miles de plumas minúsculas

le fuer

en cue

se vio

de cali

dad al

peró.

Rica

—Ba

Se le

La a

delibe

mente

Rica

pás. El

la pre

escalof

ella, y

SERENATA

Sylvia Mendoza

Traducción por
Belinda Cornejo Duckles

PINNACLE BOOKS
KENSINGTON PUBLISHING CORP
http://www.pinnaclebooks.com

En memoria de mi tío Panchito. Un hombre guapo, orgulloso padre de familia, con un brillo travieso en los ojos y la capacidad de hacerme reír en los momentos más difíciles. Él es la materia prima de los héroes. Te extrañaré, tío.

PINNACLE BOOKS son publicados por

Kensington Publishing Corp.
850 Third Avenue
New York, NY 10022

Copyright © 2000 by Sylvia Mendoza

Spanish translation copyright © 2000 by Kensington Publishing Corp.

Traducción por Belinda Comejo Duckles

Pinnacle and the P logo Reg. U.S. Pat. & TM Off.

Primera edición de Pinnacle: April, 2000
10 9 8 7 6 5 4 3 2 1

Impreso en los Estados Unidos de América

Capítulo Uno

La música de salsa no estaba lo suficientemente alta, aunque el suelo vibraba bajo las zapatillas de tacón alto de Julia Ríos. Cerró los ojos y sonrió sin importarle un comino la forma en que sus muslos se quedaban pegados a la incómoda silla plegable. Aspiró profundamente, absorbiendo el ritmo hasta que su cuerpo se rindió ante él, y el sonido apagado del parloteo y las risas que la rodeaban se desvaneció por completo.

Era la gloria. De haber podido hubiera aumentado aún más el volumen del CD. Mientras el ritmo saliera disparado de los muros de estuco del estudio de danza de su tía estaría a salvo de cualquier pregunta sobre su rompimiento con Francisco "Cisco" Valdez, uno de los solteros más codiciados del lugar.

Nadie en sus cinco sentidos se acercaría a ella a este nivel de decibeles.

Abrió un ojo para echar un vistazo y lo volvió a cerrar rápidamente.

—Que el Señor me ayude —murmuró.

La habitación se estaba llenando rápidamente. Cuando se corrió la voz de que se había inscrito en las clases de salsa de su tía, se habían duplicado las inscripciones. Julia les había llevado hasta su propia puerta un jugoso escándalo, una telenovela de la vida real.

La más joven del salón por unos treinta años, Julia era como hija adoptiva para los alumnos que se desparramaban por la curiosa habitación. Eran más como una familia extendida de tíos y tías. A sus ojos, ella tenía que responder ante ellos.

Julia no tenía muchas esperanzas de poder mantenerlos a raya mucho tiempo. Al darse cuenta de ello su sonrisa de desvaneció.

En cuanto se detuviera la música le exigirían los detalles de su triste vida amorosa, algo extra por su dinero. Esperaban explicaciones y el derecho a consolarla, jurando ayudarla a hacer justicia. Todo, claro está, en el nombre del amor.

Elvira estaba encantada. No por la tristeza de Julia, sino porque por primera vez en años se había formado una lista de espera. Julia era lo mejor que le había sucedido al estudio dcsdc que los gemelos Pérez habían conocido en persona al actor Andy García en el Aeropuerto Lindbergh tres años atrás.

Feliz de que una vez más los negocios fueran viento en popa en el estudio, Julia se resignó a ser la máxima campaña de publicidad para su abuela. Elvira necesitaba el dinero.

Por vigésima ocasión alguien le dio a Julia una palmadita en la cabeza.

Julia, reacia, abrió sus ojos.

—Ah. Hola, Lorenza —le dijo a la mujer de edad avanzada que vivía del otro lado de la calle, eterna alumna y mejor amiga de su tía.

La única en desafiar a la música, Lorenza se inclinó cerca del oído de Julia y gritó:

—¿Te abandonó?

¿Cómo fue Julia a pensar que algo de música a alto volumen detendría a alguien como Lorenza? Julia esperaba ver a todos en la habitación inclinarse para escuchar su respuesta. Como nadie más reaccionó, retiró la arrugada mano de Lorenza de su cabeza y la sostuvo. Meneó la cabeza, sin deseos de gritar una respuesta, ya que con su suerte seguramente la música se detendría justo en medio de su débil intento de explicación.

La mirada de compasión en los ojos oscuros de Lorenza, hoy acentuados con algo de sombra azul fosforescente, lo decía todo. No le creía a Julia.

Tomó el rostro de Julia entre sus manos y le besó la frente.

—Pobre niña.

Su murmullo le pareció tan estridente como su grito.

—¡Ese bueno para nada! Si quiere ser alcalde más vale que comience a cuidar lo que hace. Si te lastima ninguno de nosotros va a votar por él.

Volvió a gritar:

—¡Quiero escuchar cada detalle!

Julia asintió. Se le había acabado el tiempo.

Lorenza se despidió de ella y marchó ante la fila de sillas ocupadas con su corto vestido de fiesta envolviéndose alrededor de sus piernas gruesas. Saludó a todos al pasar con sonrisas y caricias y fuertes abrazos. Al final de la fila halló una silla debajo de la cual metió su bolso. Inmediatamente se vio rodeada por varios caballeros mayores que noblemente ignoraban la música estridente para tratar de conversar.

Su fantasía se desmoronó cuando percibió la mirada malhumorada de Elvira. Quizás Julia había subido demasiado el volumen de la música. Miró a su alrededor y descartó esa idea. Probablemente ella y Elvira eran las únicas personas en la habitación que no necesitaban de aparatos para el oído.

Julia le mandó un beso. Elvira la amonestó con el dedo y le sonrió.

El siempre elegante cuerpo de bailarina de Elvira se deslizó a través del maltratado pero impecable piso de madera hacia el aparato de CD. Apenas disminuyó el volumen de la música. El zumbido de incontables conversaciones volvió a subir de tono. Ella abrió una carpeta y se inclinó sobre la mesa para estudiar su contenido.

A los sesenta años, con su cabello recogido en un

fino moño, a veces se veía más joven que la madre de Julia. Era ciertamente más accesible y era menos probable que se quedara decepcionada ante los fiascos y faltas de Julia que su madre.

Julia no sólo había roto su compromiso con Cisco, el carismático candidato preferido en las próximas elecciones para alcalde; también había abandonado la prestigiosa compañía de relaciones públicas de su padre. Muchos la considerarían una tonta.

Julia miró a su alrededor y se hundió en su silla. Si había algún lugar donde podía hacerse invisible, era aquí en el estudio, su segundo hogar. Los alumnos de su tía no le permitirían volver a poner su tembloroso ser en pie. Después le darían una nalgada y le dirían que volviera a las labores de los vivos.

Miró hacia arriba y de inmediato se le levantó el ánimo. No pudo evitar sonreír y saludar al caballero que se aproximaba.

Su abuelo le regresó el saludo y caminó hacia ella con pasos largos y seguros. Su sonrisa llegaba hasta sus ojos que brillaban detrás de los anteojos de carey. Su cabello plateado estaba estirado hacia atrás de su amplia frente.

Julia le dio la mano.

—Sálveme, abuelito.

—Ah-ah-ah. Sabías cómo serían las cosas, mi hija.

Acomodó frente a ella la silla que le había reservado.

Ella sostuvo su mano con fuerza y se inclinó hacia delante hasta que sus frentes estuvieron a punto de tocarse.

—Hice lo correcto, abuelo, sé que así fue. Todos me creen una tonta al despreciar el nombre y fama de Francisco, pero no era importante. Yo quería un amor intenso. Pasión, amistad, respeto. Todo.

—Creíamos que eso era lo que tenías.

Suspiró.

—Yo también. Francisco es una gran persona, pero

faltaba esa chispa. Además, nunca le importé tanto como su próxima campaña. Quiero amar a alguien como usted amó a la abuela, y que alguien me ame igual.

Los ojos del abuelo se humedecieron. Se meció lentamente, llevándolo el recuerdo más allá de Julia, aunque la abuela había muerto hacía años.

—Ah, sí, mi hija. Ese amor que se da una sola vez en la vida, que te hace dar gracias a Dios a diario y con frecuencia, y contar las horas para volver a estar ante la presencia del otro.

Cerró los ojos y se volvió a mecer.

—Sí, sí. Pero ese es un don, Julia, un regalo. No basta con desearlo.

Julia se recriminó por el cambio drástico de humor.

—Entonces creo que no estoy lista. En estos días la creación de mi compañía me absorbe todo el tiempo.

El abuelo meneó la cabeza.

—Chiquita. El tiempo no tiene nada que ver con enamorarse. No es algo que se negocia o se planea.

—Lo sé. —Julia le dio un golpecillo en la cabeza—.

—Lo sé, abuelo. Por ahora sólo deseo olvidarlo todo durante cuatro horas a la semana, justo en esta habitación. Prométame que será mi pareja de baile.

El abuelo soltó una risa ahogada y el brillo retornó a sus ojos.

—Tu abuela no lo permitiría. Ni yo tampoco. Tarde o temprano tendrás que enfrentarlos a todos. Te sentirás mejor cuando ayudes a tu tía. Baila con todos aquí. Cambiar de pareja es lo que lo hace divertido.

Se inclinó en su silla y saludó a una mujer diminuta con un vestido floreado que estaba al final de la fila.

—Ya veo cuánta compasión me tiene, abuelito.

—No en esta habitación, ni con esta música. Pero ven después a tomar café y comer del pan dulce de tu tío, y te dejaré llorar en mi hombro todo lo que quieras.

Le acarició la mejilla.

—Si sientes que hiciste lo correcto, es que hiciste lo correcto. Casarte con el hombre equivocado por un apellido te hubiera robado años de tu vida. Ahora sólo baila.

La besó, se levantó y se dirigió hacia la mujer del vestido floreado.

Esa era la razón por la que Julia había comenzado a dar clases, para empezar. La música era medicina. El baile era justo lo que había recetado el doctor.

Elvira levantó la mirada de sus papeles, se la lanzó a Julia desde el otro extremo de la gran habitación, y le sonrió. Cuando estaba a punto de bajar el volumen de la música, el brillante sol que entraba a manos llenas en la habitación por la puerta lateral, que estaba abierta, desapareció de repente.

Un eclipse, pensó Julia, hasta que sus ojos se detuvieron en los hombros ridículamente anchos que se dibujaban en la puerta. Siguió la larga línea de un cuerpo de hombre —un cuerpo grande y macizo —con cierta admiración. No había forma de confundir la masculinidad que exudaba su simple postura. Era masculino, un macho. Todo con "M" mayúscula.

Los ancianos de la habitación jalaron sus barrigas al unísono, recordándole a un montón de gallos con las alas encrespadas. Las mujeres se sentaron más erguidas y trataron de cruzar las piernas. Lenta y silenciosamente todas las cabezas se dieron vuelta para observar a la imponente figura que entraba en la habitación. Las conversaciones fueron disminuyendo hasta callar.

Sin atender su proximidad al volumen del aparato, Elvira se llevó las manos a la boca y aparentemente le gritó algo al extraño.

Se aproximó lentamente hacia Elvira y se quitó el sombrero blanco. De detrás de la espalda sacó presto el ramo de rosas más grande que hubiera visto Julia. Fascinada por la respuesta ante la presencia del extraño, Julia descansó los codos en sus rodillas y la barbilla en sus manos dobladas para contemplar la escena que tenía a su alrededor.

Con el rabillo del ojo, Julia vio que Lorenza se esforzaba por atraer su atención. Señaló al hombre con un pulgar y le hizo una seña de aprobación.

Mortificada, Julia se hundió lo más posible en su asiento. Era crucial evitar cualquier contacto visual con Lorenza hasta que el hombre desapareciera del lugar.

Él se detuvo frente a Elvira, se inclinó levemente y tomó su delgada mano. Ella aceptó las flores con una cálida sonrisa.

El hombre se enderezó.

—Cielos —murmuró Julia. Miró a las mujeres arrobadas y se sintió muy mal por los hombres.

No podía negar que desde esa distancia el hombre era atractivo. Julia hubiera apostado que no era de ningún suburbio de San Diego que ella conociera. Mataría por un modelo que hiciera reaccionar así a la gente, y no le hubiera importado incluirlo en cualquier clase de campaña publicitaria: frijoles, Bora bora, BMW's.

Sus pantalones de mezclilla abrazaban sus largas y musculosas piernas justo en los sitios indicados. Su hebilla de plata, que reflejaba la luz, debía pesar unos cuatro kilos, lo que explicaba en parte su exagerado pavoneo. Exudaba aspereza, pero sus botas de cocodrilo y su sombrero blanco hablaban a gritos de un gusto exquisito. Quizás eso ayudaba a contrarrestar el exagerado aire de macho que emanaba de él como un calentador eléctrico a punto de hacer corto circuito.

Elvira se rió de algo que dijo el hombre. *O quizás no.*

Julia se irguió. La música ya no ejercía esa magia relajante sobre ella. Así que tenía encanto, además de ese cuerpo. El hombre se puso el sombrero y señaló la puerta. El rostro de Elvira se transformó. Sus ojos se entornaron. Se llevó los puños a la cintura. A pesar de sus modales suaves y encantadores, era obvio que el hombre había ido demasiado lejos con su tía.

Ah, pensó Julia, *lección número uno para el vaquero visitante*. Las mujeres Ríos no temían enfrentarse a un hombre, particularmente cuando estaban en su propio territorio. Este era, sin lugar a dudas, territorio de Elvira.

Julia saltó de su asiento, atraída por la ira de su tía. Miró sólo a Elvira. La preocupación le daba a sus ojos un tinte gris tormenta.

—¿Hay algún problema tía?

—No hay problema, Julia. El señor Montalvo es un nuevo empresario del barrio. Vino a presentarse, creyó que podríamos hacer negocio, y ya que no será así, estaba a punto de irse.

Aventó las rosas sobre la mesa al lado del aparato de CD.

—¿Y quién eres tú, preciosa? —el acento flotó hacia ella, profundo, sexy y perturbador. Le hacía pensar en cobijas tibias y chimeneas encendidas y horas sin fin. Y no tenía derecho a estar ahí en un momento así.

—No soy su *preciosa* —pronunció la palabra con tanto veneno como pudo.

Se dio la vuelta lentamente y se encontró nariz contra pecho, mirando los botones de plata en su planchada camisa de algodón. Siguió la línea de los botones hasta el hueco de su garganta, revisó nuevamente los amplios hombros. Sus ojos, a pesar de ser tan espesos y oscuros como los granos del café que Julia compraba, brillaban divertidos.

—Está molestando a mi tía.

—No era mi intención. Lo juro, preciosa.

Sí, a juzgar por la forma en que parecía leerle el pensamiento, él seguramente podría vender cualquier cosa. Julia se descubrió deseando creer en él, pero afortunadamente él volvió a hablar.

—Le hice a tu tía una propuesta de negocios. Muy

lucrativa, debo agregar, y traté de ser un buen vecino al respecto. Me gustaría comprar su estudio.

¿Comprar su estudio?

—Tratar de hacer negocios con algo que no está en venta, no me parece actitud de buen vecino.

Julia sintió cómo se le enfriaban las manos. Tuvo que apretar los puños para no golpearlo.

—Soy su sobrina. También soy su administradora y me hago cargo de las relaciones públicas —pasó un brazo sobre los hombros de su tía.

Su tía la miró, dudosa.

—¿Desde cuándo, Julia?

—Desde este momento —acarició el brazo de su tía—. No te preocupes por nada —le enfureció la forma en que el hombre arqueó la ceja.

—Ah, entonces será contigo con quien habré de negociar —se volvió a poner el sombrero—. Voy a abrir un bar deportivo con restaurante, incluyendo pista de baile con entretenimiento en vivo, en el lote baldío que está al lado de esta propiedad —sacó un estuche de plata del bolsillo de su camisa, extrajo una tarjeta y se la presentó a Julia. Ricardo Montalvo—. Estoy abierto a cualquier sugerencia que pudieras tener respecto a esta propuesta de negocios que nos hará felices a todos.

Julia arrugó la tarjeta en su mano.

—El estudio no está en venta, señor Montalvo. Por lo tanto, no hay necesidad de negociaciones.

—Seamos civilizados y arreglemos esto como los vecinos que seremos —dijo, su acento callado repentinamente mortal. Su expresión plácida sólo la contradecía la tensión evidente en su quijada.

Julia sintió la ira surgir en ella ante lo que el hombre le estaba haciendo a su tía.

—Los vecinos no entran así a un barrio amenazando con cambiarlo si desean ser parte de la comunidad. ¿Para qué quiere el estudio si va a abrir un restaurante con pista de baile? No le preocupará la competencia. No estamos al mismo nivel.

Se acarició la pequeña barba con una mano libre de anillos durante lo que pareció una eternidad.

—Claro que no. Necesito el espacio.

—Tiene la mejor sección del terreno. No será que...

—No estoy hablando del restaurante. Necesitamos espacio para estacionamiento.

Julia volvió a quedarse con la boca abierta. De todas las cosas insensibles que podría haber dicho, esta resultó ser la peor. Miró a su tía, que había cerrado los ojos y estaba ahí parada como muñeca de porcelana, inmóvil y frágil.

Julia abrazó a Elvira hasta que respondió, aferrándose a la parte de atrás de la blusa de Julia.

—Lo siento, tía. Yo me haré cargo. Comienza la clase antes de que los nativos se inquieten.

—Me disculpo, doña Elvira. Me pasé de la raya.

Ella asintió fríamente. Su respiración agitada resonaba en el oído de Julia.

—Gracias, mi hija —se soltó del abrazo y acomodó el cabello de Julia—. El espectáculo debe seguir, ¿verdad? señor Montalvo, con su permiso.

Elvira apagó la música presionando un botón y aplaudió.

—Todos en círculo. Niño, niña, niño, niña. ¡Hoy nos vamos a divertir! —forzó una sonrisa y se dirigió al centro de la habitación.

Julia aprovechó la distracción. Tomó firmemente el brazo de Ricardo y lo orientó hacia la puerta.

—Salga.

Él se plantó en el suelo.

—¿*Niño*? ¿*Niña*?

Miró a su alrededor.

—¿Tu tía está ciega?

Julia se cruzó de brazos, reprimiendo el impulso de

echarlo físicamente de ahí. Su ira le daría fuerzas para lanzarlo hasta el centro de su maldito predio.

—No vaya allá.

—Es broma, preciosa —levantó las manos en señal de rendición—. De acuerdo. Mal chiste. Pero me gustaría quedarme a mirar un rato.

—Imposible.

—Quizás quiera tomar clases.

—Están saturadas.

—¿Hay lista de espera?

—Una muy larga.

—Quiero aprender, oficialmente, a bailar salsa. Aprendo rápido.

—No me parece del tipo salsero.

—¿De qué tipo te parezco?

Julia soltó un suspiro de exasperación.

—No lo quiere saber. ¿Es su idea de una táctica de negocios tratar de entrar al estudio por la fuerza, de cualquier modo?

—No. Tu tía nos invitó a divertirnos. Yo necesito conocer el barrio y distraerme del trabajo. Ya sabes, no por mucho madrugar amanece más temprano.

—Usted aterroriza a la gente como modo de vida. No me parece que eso sea aburrido.

—Pagaré cuotas de lecciones privadas.

La mención del dinero encendió aún más la ira de Julia.

—Váyase a otra parte. Aquí no queremos su dinero. Váyase, por favor.

El hombre la examinó durante un largo rato. La sonrisa se le desvaneció del rostro.

—Como quieras.

Pasó frente a ella y se dirigió hacia Elvira, que estaba al centro de la pista de baile. El balanceo de sus caderas era difícil de ignorar. El abuelo de Julia le atajó el paso.

—Soy Carlos Ríos. ¿Puedo ayudarte, hijo?

—Sólo quería despedirme.

—Mi hija y nieta parecen molestas. ¿No crees que ya has dicho lo suficiente?

—Aparentemente así es —extendió la mano y esperó hasta que Carlos la estrechó firmemente—. Ricardo Montalvo. Lo siento, señor, pero aún tengo que hablar con Doña Elvira. Discúlpeme.

Siguió adelante, seguido de cerca por Julia.

—¿Doña Elvira?

Su voz tronó por encima de sus instrucciones y todos se quedaron a la mitad de un paso de salsa.

Se quitó ceremoniosamente el sombrero y lo sostuvo frente a su pecho.

—Me disculpo por interrumpir su clase y por cualquier pesar que pude haberle causado. Ciertamente no fue intencional. Hablaré con su sobrina respecto a la propuesta de negocios, pero si tiene cualquier pregunta estaré a su disposición.

—Gracias —Elvira asintió.

Volteó a mirar a los demás.

—Buenos días, señores. Se ven bien aquí. Quizás algún día pueda tomar una lección.

Lorenza se separó del grupo. Apretó sus bíceps y se golpeteó el pecho.

—Yo te enseñaría, hijo, pero Julia es mejor maestra.

—Creo que a Julia no le agrado mucho —murmuró con un gesto de complicidad.

—En este momento no le agrada ningún hombre —le jaló el brazo hasta que se inclinó—. De hecho...

Julia se interpuso entre ellos.

—De hecho estás desperdiciando tiempo de clase y el señor Montalvo estaba por irse.

Obligó a Lorenza a soltar su brazo y con un leve empujón lo dirigió hacia la puerta abierta.

El se despidió con la mano. Para irritación de Julia, todos le respondieron en silencio.

—No eres muy buena vecina, sobrina.

—¿Y tú sí?

—Puedes hacer negocios y seguir siendo buena vecina.

—Quizás a ti este te parezca un buen lugar para un estacionamiento, pero es la vida de mi tía. Su alma y su corazón han hecho de este lugar lo que es.

Una vez afuera apretó los puños, con deseos de borrarle la sonrisa burlona del rostro.

—Mira a tu alrededor. Este es el único lugar que tienen para hacer vida social en este barrio. Está cerca de sus hogares. Odio pensar en lo que les sucedería si les quitara esto.

Lentamente el hombre se cruzó de brazos y miró a su alrededor.

—Admiro lo que estás tratando de hacer, de verdad, pero en una transacción de negocios no hay lugar para las emociones.

—¿Tiene idea de lo ridículo que se oye? Toda transacción de negocios es hecha por gente. Hay muchas emociones involucradas.

—¿Quieres emociones? Quítate la venda. ¿Durante cuánto tiempo podrá hacer esto tu tía? ¿Quieres verla jubilarse con un cómodo ahorro? Me estoy ofreciendo a comprar el lugar. Lo pagaré bien —echó para atrás el sombrero.

—Este estudio es curioso, pero la gente exige lugares como el mío donde de verdad puedan dedicarse a bailar salsa o paso doble —avanzó unos pasos y después la miró como si no pudiera verla—. ¿Y si conservo intacto el edificio de tu tía pero lo cambiamos de lote? Esa sería una opción.

—No. Es un sitio histórico, demonios.

Julia comenzó a sentir temor. Este no era cualquier trato de negocios. Estaba en juego la vida de su tía.

—Preciosa, seré derecho contigo. Hay más irregularidades en el contrato de arrendamiento por noventa y nueve años de las que podrías imaginar. Mi abogado me lo devolvió en media hora y me dijo que era juego de niños. Podría tomar esa ruta pero no lo haré porque voy a mudarme al barrio y soy, esencialmente, un hombre amable.

Se jaló aún más el sombrero de modo que le cubriera los ojos.

—En cuanto a los negocios, ya tengo mis bases cubiertas, invertí una gran cantidad de dinero en una inversión segura y tengo respaldo político para mi proyecto. Que no te quepa duda alguna, Julia. Necesito de mi cadena de restaurantes para seguir prosperando, por razones que no pienso divulgar, y nada se interpondrá en mi camino. Tendré ese éxito continuo aquí mismo, en Ciudad Vieja, con o sin tu ayuda.

Cerró la boca con gesto severo, furioso, el pecho agitado. Julia se imaginó que era su mecanismo de control que comenzaba a actuar. Aunque sus rodillas temblaban y temía que él mirara para abajo y lo notara, ella lo miró con tanta indiferencia como pudo mostrar. Levantó la barbilla.

—Sin.

Su mandíbula volvió a apretarse.

—No te apresures, preciosa —le dijo a través de sus dientes apretados—. No fue mi intención perder el control, pero quiero que sepas de dónde vengo. Le convendría más a tu tía que cooperaras.

Su estómago revoloteaba a cien veces por minuto.

—Los negocios de este barrio llevan años aquí. Ningún extraño les dirá qué hacer o cambiar sólo porque les agita un fajo de billetes bajo las narices. Aquí no necesitamos una discoteca.

—La necesitas más de lo que crees. Ya hablé con algunos políticos locales y están ansiosos porque se realice este proyecto. Ayudará a su economía. Les dará un aspecto contemporáneo. Ayudará a vincular lo viejo con lo nuevo. No hagas esto difícil para tu tía. Te ruego acudas a mi oficina el lunes por la mañana.

Dame quince minutos y cambiaré sus vidas... para bien. Lo prometo, y soy un hombre de palabra.

Ya había cambiado sus vidas en menos de quince minutos. ¿Darle cuarenta y ocho horas? Julia se estremeció al pensar en lo que él podría hacer si ella no se presentaba. Tenía que ir por el bien de su tía.

—Con una condición.

Volvió a empujar su sombrero para atrás y arqueó una ceja.

—¿Ya estás negociando? Eres mi tipo de mujer. Dime —su sonrisa cautivadora no la conmovió ni un poco.

—Quiero que nuestra conversación sea registrada en una grabación y por escrito.

—Eso será sencillo —se volteó para retirarse.

—Aún no termino —se enderezó tanto como pudo cuando él se volteó hacia ella.

—Hasta que tengamos un acuerdo legal sobre esta propuesta de negocios, te mantendrás lejos de esta propiedad. Y no te vuelvas a acercar a mi tía.

Sus ojos se abrieron momentáneamente por la sorpresa, pero una lenta y maliciosa sonrisa se asomó a sus labios. Llevó su dedo a la punta de su sombrero.

—Buen día, preciosa. Nos vemos el lunes.

Capítulo Dos

Las más de doce llaves que colgaban del enorme llavero sonaron en la mano de Ricardo mientras se acercaba a su oficina.

—Es una viva esa Julia —se rió entre dientes—. Justo lo que no me recetó el doctor.

Una mujer así le aumentaba la presión sanguínea. Literalmente. Los negocios eran negocios. No les hacía concesiones a las mujeres de negocios. A la larga, generalmente resultaban tener menos escrúpulos que los hombres. Reaccionó ante el desafío como un perro babeante que ve un jugoso filete desde el otro extremo de una habitación llena de gente.

—Disculpe, ¿dijo algo?

Un caballero de edad avanzada estaba recargado en su escoba justo afuera de la panadería de al lado.

—Tengo la mala costumbre de pensar en voz alta cuando pienso sobre algún negocio —Ricardo caminó unos pasos hacia él con la mano extendida—. Ricardo Montalvo.

Le sacudió la mano cálidamente.

—Marco Ríos. Está bien, hijo. Yo hago lo mismo —se irguió y señaló la tienda con el gran escaparate que mostraba los especiales del día—. Mi esposa y yo somos dueños de esta panadería —se dio unos golpecillos en el estómago—. Treinta y cinco años de felicidad conyugal, horneando y comiendo. Qué vida.

Se rieron.

Ricardo pasó las llaves a su mano izquierda.

—Así que eso es lo que me estaba volviendo loco. Huele delicioso.

—Tenemos la mejor panadería de Ciudad Vieja. De todo San Diego, probablemente. Hasta salimos en el periódico —dijo orgulloso. Si hubiera llevado tirantes hubiera colocado los pulgares debajo para tronarlos.

—Debe tener clientela constante, si le preceden su nombre y reputación.

Ricardo miró al otro lado de la calle. ¿Se acercarían esos clientes a su restaurante? No podía esperar veinte años para dejar su huella en la comunidad.

Dio un paso hacia atrás para ver mejor el toldo azul y blanco y el letrero de la tienda. Panadería Ríos.

—¿Ríos? ¿Será pariente de Elvira?

—Ella es mi hermana.

Ambos miraron al otro lado de la calle, donde nuevamente el ritmo de la música alegre llenaba el espacio.

—A veces exagera con el volumen, pero nos alegra a todos en la cuadra. Podríamos hacer una fiesta y ni siquiera se enteraría de que ella está proporcionando la música —soltó una risilla traviesa y se acomodó los lentes de aro negro sobre la nariz.

—La señora Ríos es toda una dama. ¿Y don Carlos?

—Es mi padre. Un hombre bueno y justo. Cariñoso. Es un militar retirado. Marina. Cuarenta años.

Marco señaló la banca de madera de respaldo alto que estaba justo frente a su tienda.

—Sentémonos por un minuto.

Ricardo lo siguió, se deslizó en el asiento y casi suspiró. Parecía amoldarse a su cuerpo, ofreciéndole un lugar donde relajar momentáneamente su hombro adolorido.

Se notaban los años de uso en la madera nudosa. Una banca tan vieja seguro ofrecía curas medicinales que se deslizaban entre sus rendijas y hacia sus heridas de guerra. Marco parecía estarse divirtiendo mucho al verlo instalarse.

Ricardo se movió hasta acomodarse.

—Así que, ¿Julia es su sobrina?

—Sí. Sus padres son dueños de la tienda de regalos que está frente a su oficina. Cuando se cerró la florería teníamos la esperanza de que Julia iniciara aquí mismo su negocio de relaciones públicas. Que esta esquina de la cuadra fuera nuestra contribución al barrio. Mal momento, supongo. Le ganaste el lugar.

Ricardo no sabía como descifrar al viejo. ¿Sentía alguna amargura al respecto o sólo estaba mencionando un hecho?

—Es una gran oficina. ¿Una florería? Eso explica el enorme cuarto trasero, así como el olor a rosas y a otras veinte flores cuyos nombres jamás sabré. Otras oficinas a las que me he mudado estaban mohosas y olían como mi viejo casillero. ¿Cómo tuve la suerte de entrar al edificio?

—Juanita murió. No tuvo hijos que le heredaran. Fue algo triste, en realidad, pero es bueno ver sangre nueva en el barrio.

—Gracias —Ricardo se aclaró la garganta—. No murió en su oficina, ¿verdad?

Había algunas supersticiones que aún no podía dominar, no importaba cuánto se alejara de su madre y hermanas.

—No, no, no. Pero Juanita estaba decidida a dejar detrás alguna señal de su existencia. Yo no trataría de deshacerme de ese olor. Creo que molió flores en la madera del piso y las paredes para rondar a quien ocupara la oficina. Como una forma de recordarle que tratara a los demás con dulzura.

Marco sonrió, mientras un escalofrío corría por la espinilla ya de por sí erizada de Ricardo. ¿Sabía acaso que Julia pondría el pie en su oficina el lunes?

—Las transacciones de negocios rara vez son dulces.

Sólo cuando se cierran, pensó Ricardo, y a su favor.

—¿Qué clase de servicio le estás proporcionando al barrio?

¿Servicio? Ricardo se quitó el sombrero y lo colgó de la punta de su bota. Se acarició la barbilla, la barba picándole los dedos.

—Voy a construir un restaurante del otro lado de la calle, en el lote baldío al lado del estudio de baile.

Marco irguió sus hombros para verlo de frente.

—Hay muchos restaurantes en Ciudad Vieja. ¿Qué va a tener el tuyo de diferente?

Había algo de cortante en su tono, y los ojos de Marco brillaban astutos y agudos con la pregunta. Ricardo no pudo olvidar que para sostener una panadería durante veinte años de competencia el dueño debía ser un hombre de negocios competente, incluso si al exterior aparentaba ser un ingenuo y confiado abuelo.

—Será un restaurante con tema deportivo, pero con una pista de baile adyacente al edificio principal.

Su descripción fue vaga, pues quería medir su respuesta según la reacción del hombre mayor.

—¿Restaurante deportivo? Hay uno justo al otro lado del valle. Tiene bastante éxito y lleva aquí unos años. Junior es un héroe local de fútbol americano y atrae multitudes. No eres de por aquí, ¿verdad?

Marco negó con la cabeza. Ricardo se dio cuenta de que, sin querer, estaba meneando al unísono su propia cabeza.

—No, no lo soy —respondió Ricardo, frotando el apretado nudo que tenía detrás del cuello—. Pero ese lugar no tiene pista de baile como este.

—Hmmm.

Marco se volvió a recargar en el asiento, golpeteando distraídamente la acera limpia con la escoba.

—Espero que no pienses dirigirlo únicamente a los

jóvenes. Echo de menos salir con mi esposa. Algún lugar donde podamos ir a pie. Será estupendo ir a bailar una vez por semana. Sólo Dios sabe cuantas lecciones hemos tomado con Elvira y Julia.

¿Baile para ancianos? Ricardo se preguntó cómo diablos lograría hacerlo y al mismo tiempo darle un aspecto alegre y contemporáneo.

—Veré lo que puedo hacer. Hablando de eso, debo volver al trabajo. Pronto llegarán los muebles de la oficina.

No tenía intenciones de mencionar su futura reunión con Julia. Se quedó parado y miró por la calle, y después nuevamente volteó a ver la firme y paciente mirada de Marco. Presentía que Marco se enteraría de toda la historia sobre su encuentro con las mujeres Ríos antes de que terminara el día.

—Marco, fue un verdadero placer platicar con usted. No se sorprenda si me ve casi a diario en su tienda.

Si no me echa después del lunes.

—Te estaré esperando, hijo. Pareces un muchacho sano y de gran apetito.

—Tiene razón, y mi debilidad por los dulces no me ha ayudado a mantener la línea desde que dejé el fútbol americano.

—¿Jugaste profesionalmente? —las arrugas en el rostro de Marco se suavizaron con la expresión de alegre sorpresa.

Nada como un poco de humillación. Demasiado tarde para usar su nombre e imagen para promocionar el restaurante.

—Por unos años. Se me acabó el tiempo —giró su hombro y lo frotó—. De hecho...

Una pareja pasó y entró a la panadería. Marco miró hacia ellos y luego hacia Ricardo.

—¿Podrías contarme tu historia después? Me encanta el fútbol americano.

—Claro, Marco. Cuando quieras.

—Cuídate, hijo. Ven de visita alguna vez.

Entró a su negocio y su voz tronó hasta afuera.

—¡Buenos días, amigos! Es un bello día para un paseo y para comer una deliciosas conchas y hacer el día aún mejor. ¿Qué más puedo hacer por ustedes?

Sus risas apagadas flotaron a través de la puerta de mosquitero.

Ricardo se dirigió hacia su propia oficina sin poder borrar la sonrisa de su rostro. Hizo sonar las llaves en su mano, tratando de armar una imagen más clara del clan Ríos.

¿Cómo podía el demonio que llamaban Julia ser parte de esta familia cálida y tradicional? No sería fácil cautivarla si estaba a la defensiva con los hombres, como había señalado la anciana.

Sin mencionar que era protectora. Era demasiado sobreprotectora para el bien suyo o de su tía. Les había propuesto un buen trato y ella no podía ver lo que tenía en su cara.

Pero qué cara. Caray, caray. Podría usarla para anunciar y promover los restaurantes. Construye los restaurantes, muestra ese rostro y vendrán. *Qué buen concepto*, pensó, y sonrió.

La cerradura giró y entró a la oficina improvisada, su segundo hogar. Aún desde esa distancia se alcanzaban a oír algunas notas de la música de salsa que llegaban del estudio hasta su desolada oficina. Cerró los ojos. Sus pies se movían fácilmente con el ritmo. Colocó su mano derecha sobre el estómago, levantó la izquierda y comenzó a mover las caderas. Rápido, rápido, lento. El paso salió como un recuerdo distante.

—Llevas demasiado tiempo solo, Ricardo —murmuró.

Dejó de bailar y renuentemente cerró la puerta. Había despilfarrado y se había comprado su propio aparato de CD. Y no era cualquier aparato. Era un estéreo de primera línea con capacidad para seis CD's y bocinas extravagantes, lo que lo convertía en la mayor inversión que había hecho para su oficina. La música le ayudaría a llenar las largas noches que le esperaban.

Atravesó la habitación, lanzando su sombrero a una caja de madera que estaba en la esquina. El sistema yacía precariamente sobre la endeble mesa que estaba recargada contra la pared. Tendría que permanecer ahí hasta que llegaran los muebles.

Ciertamente no podría hacer negocios en esta oficina sin las melodías de Shania Twain o Gloria Estefan para facilitarle las cosas. Apretó el botón del encendido y el ecualizador, y subió el volumen. La suave voz de Gloria cantaba sobre el destino y sobre la forma en que los amantes volvían a reunirse.

¿Destino? Pensó Ricardo. La tonada era estupenda pero las palabras eran como dedos helados contra su cuello. Trató de frotarlo para deshacerse del frío. Era una tontería creer así en el destino.

Julia se le vino a la mente, pero de inmediato agitó la cabeza. No permitiría que los pensamientos sobre Julia y su encuentro interrumpieran su tranquila agenda para el resto del día. Tenía mucho tiempo para prepararse para la reunión del lunes.

Todo lo que deseaba era el trabajo físico de acomodar su oficina como la había visualizado. Y olvidarse por un rato de los negocios.

Al pasar sus manos sobre su rostro y por su cabello, Ricardo se dio cuenta de tres cosas. De que estaba trabajando demasiado, pues no había atendido su cabello ni su barba. De que no importaba porque le encantaba el lujo de tener el cabello más largo y una barba que a veces le daba comezón. Y de que la buena música es medicina para el alma.

Alguien golpeó en la puerta. Ricardo miró su reloj, después bajó el volumen de su música. Sería Chase o los muebles. Un minuto más de meditación lo volvería loco. Necesitaba una noche de parranda urgentemente y, conociendo a Chase, él seguramente ya conocía los mejores lugares de San Diego después de retirarse temprano del juego. Estaría listo de inmediato. Ricardo abrió la pesada puerta de madera.

Chase estaba ahí parado, sonriendo como un niño de siete años que acaba de dejar una rana en la silla de la maestra.

—Vaya, cuate, ya era hora de que finalmente llegaras a la costa oeste.

—Todo depende de elegir el momento oportuno — abrazó a Chase con entusiasmo.

—Cuate.

—¿Un acento tejano con caló playero?

Chase dio un paso hacia atrás y recargó su codo en el pestillo de la puerta.

—Ya lo corregiremos. Enloquecerá a las mujeres. Hablando de mujeres enloquecidas, pensé que te dedicarías al descanso y la relajación antes de volver a trabajar.

—¿Descanso y relajación? ¿Yo?

Chase lanzó un profundo suspiro. Su largo cabello teñido por el sol daba fe de su nuevo estilo de vida en Pacific Beach, una comunidad bastante cercana a donde se encontraban. Aún tenía una constitución impresionante que le daba un aspecto tan rudo como el que debió haber tenido como tacleador ofensivo. Afortunadamente habían estado en el mismo equipo y la labor de Chase había sido defender al mariscal de campo.

—Muy bien, muy bien. Descanso y relajación. Llamémoslo ingresos y ganancias para que no te asustes. Pero esta vez no dejaré que te quedes sentado en tu habitación. En San Diego hay mucho que hacer por las noches. Hay tantas mujeres bellas como en Hollywood. Si juntas ambas cosas, comienza la diversión.

Ricardo no quería ceder demasiado pronto ante

Chase, de otro modo lo tendría todas las noches en la puerta de su oficina listo para irse de parranda.

—Tengo mucho trabajo que hacer. También tú, si vas a administrar mis restaurantes cuando vuelva a casa a finales del año.

—No por mucho madrugar amanece más temprano —murmuró Chase, y se recargó contra el marco de la puerta.

Ricardo se encogió ante el recuerdo, demasiado reciente, de haber usado la misma frase hecha con Julia. Había resultado contraproducente. Eso rara vez sucedía con sus tácticas.

—Él que madruga, Dios lo ayuda.

—Ah, hombre, quiero que te relajes, Rick.

Otra vez comenzó el estruendo de la música de salsa desde el otro lado de la calle. Chase automáticamente comenzó a agitar los hombros.

—Parece que no tendremos que ir demasiado lejos para pasar un buen rato.

Ricardo frunció el ceño.

—Es sólo un estudio de baile. Se me ha prohibido la entrada. Pasa y cierra la puerta.

—¿Qué? —los ojos azules de Chase se abrieron con asombro. Dejó de agitar su cuerpo al ritmo de la música el tiempo suficiente para cerrar la puerta y entrar a la habitación detrás de Ricardo.

—Hombre, Rick. Tendrás que irte de San Diego tarde o temprano. No dejes estropicios que después tendré que arreglar —se dejó caer pesadamente sobre la única silla de la habitación.

—Caray, ni siquiera tengo oficina aún.

—No es nada que no podamos solucionar.

—No me gustó tu tono al decir eso.

—Elvira Ríos y su sobrina dan clases en ese pequeño estudio al otro lado de la calle. Me ofrecí a comprarles el lugar para tener más espacio para estacionamiento. Ellas no quieren vender.

Chase se levantó de la silla. Caminó pesadamente a la ventana panorámica delantera y levantó el papel que hacía las veces de persiana temporal.

—Por favor dime que no les propusiste que vendieran con esa encantadora frase sobre el estacionamiento.

Rick no le respondió. Durante mucho tiempo Chase había sido su mano derecha. Pero no había estado presente para salvarlo de enredar las cosas con Julia y su tía.

—Cielos, Rick.

Soltó el papel y miró a Ricardo. Sus rasgos se endurecieron como los planos esculpidos, sus ojos se entornaron.

—No necesitas ese predio. Te olvidas de dónde estás. No se trata de alguna cuadra ultra elegante de Manhattan donde las negociaciones y regateos son parte del juego. Estamos hablando de personas que probablemente llevan aquí toda la vida. ¿Por qué quieres ir y hacer una estupidez?

—Son negocios, Chase.

Estaban parados frente a frente, como dos toros pateando el suelo. Ninguno de sus argumentos convencería a Chase, pero debía tratar de obtener su apoyo antes de que Julia apareciera el lunes.

—Prometí hacerme cargo de la tía, financieramente. Se ve como de la edad de mi mamá, y podría estar a punto de jubilarse. Esto le daría la oportunidad de hacerlo antes.

—Y mira lo que sacaste de eso. Propiedades de primera en oferta, embellezcamos la Ciudad Vieja con un poco más de asfalto.

Chase no se molestó en ocultar su sarcasmo.

—¿Y es eso tan malo? Mira lo que podría hacer por la economía del lugar.

—Un estacionamiento. Sí, tienes razón, la Ciudad Vieja se levantará económicamente con eso.

—Vas a perturbar unas vidas. Algunos lugares no necesitan cambiar.

—La mayoría sí —rechinó los dientes hasta que creyó que escupiría los rellenos en su mano.

Se enfrascaron en un duelo de miradas. Gloria inició una conga en el fondo y el aroma de rosas llenó rápidamente el aire.

—Voy a administrar tus restaurantes —dijo calladamente Chase—, pero no seré partícipe del desplazamiento de familias —lanzó un hondo suspiro, sus labios una apretada línea de ira.

—¿Y si Elvira Ríos fuera tu madre, Rick? ¿Querrías que alguien le hiciera esto a ella? —agitó la cabeza, mirando al suelo.

—¿Cuándo comenzó a importarte tanto el dólar?

Eso bastó. Ricardo se dio la vuelta y empujó al sorprendido Chase.

—¿Quieres saber cuándo? ¡Cuando mi papá perdió su empleo, su pensión y hasta la maldita casa! —Rick se alejó de Chase y se aferró a la orilla de la mesa—. Lo siento.

Extendió una mano temblorosa para bajar el volumen, sólo para escuchar la inquietante canción sobre el destino. Si alguna vez se sintió atrapado, fue en esta ocasión.

—Hombre, Chase. Voy a encargarme de mis viejos lo mejor que pueda. Quiero que tengan todo lo que soñaron, todo aquello para lo que ahorraron. Eso es todo. Puedo darles eso a ellos y a mis hermanas, y hasta al hombre de la esquina sólo porque deseo hacerlo. Eso me hace feliz, aunque sé que hay que pagarlo. Siempre hay que pagar. Eso no lo puedo evitar.

—Rick, no lo sabía.

Rick se volvió a acercar a Chase, frotando sus manos sobre todo su rostro.

—No es algo que importe saber. Ni una sola parte

de esa información debe salir del cuarto. ¿Lo entiendes?

Chase metió las manos a sus bolsillos y asintió.

—Entendido.

—Volvamos al asunto en cuestión. Quiero que conozcas a los personajes de esta escena.

Enderezó los hombros, pero no pudo deshacerse tan fácilmente del peso que le imponía la sensación de que quizás había tomado una decisión equivocada.

—Espera. Mencionaste a una sobrina, ¿como de las que llevan paleta de caramelo?

—No. Como una lunática perdida con una misión, disfrazada con piernas largas y ojos que te hacen sentir como si te estuvieras ahogando cuando los miras por demasiado tiempo. Se mueve al ritmo de la salsa como si... —se detuvo al darse cuenta de que había dicho más de lo que se había admitido a sí mismo.

—Es una descripción bastante elaborada, si consideramos que sólo notaste el potencial del edificio.

—Es difícil no verla. Dará a conocer su presencia aquí el lunes, créeme. Será mejor que comencemos a trabajar.

—Solías poder manejar a las mujeres de negocios con tanto encanto.

—Aprendí mi lección. ¿Recuerdas a Rebeca? Astuta, sofisticada y mortalmente encantadora. Y su parecido con Jennifer López no representaba ningún inconveniente.

Chase sacó una gorra de béisbol raída de su bolsillo trasero y se la colocó sentimentalmente sobre el corazón.

—Tu caída.

—Casi lo fue. Hasta que volví en mí.

—Y justo a tiempo.

Chase regresó la gorra a su bolsillo.

—Las mujeres son peores que serpientes. Atacan, muerden, matan.

—Oh, no. Para nada. Tu no eras ninguna pobre víctima ingenua. Con Rebeca las señales estaban por todas partes. Tú elegiste no verlas.

—El único error que he cometido en mi vida y tú no me dejas olvidarlo.

—Ciertamente.

—Considerémoslo, entonces, como experiencia. No volverá a suceder.

Ricardo caminó hacia la ventana y se paró al lado de Chase. Desde este ángulo el estudio de baile complementaba la arquitectura estilo años cincuenta de los otros negocios de la calle. Los detalles revelaban el diseño de Irving Gill, un reconocido arquitecto.

Pintoresco, con su estuco blanco ligeramente añejado y su techo de tejas de barro rojo hechas a mano en México, el estudio resaltaba entre las otras tiendas. Ricardo podía sentir eso, más que verlo. No podía distinguir los patrones en los brillantes azulejos blancos que seguían las limpias líneas de la ventana frontal, pero en cada uno podía ver explosiones de colores vibrantes.

Del toldo azul y blanco pendía un sencillo letrero que anunciaba con una elegante y modesta caligrafía: "Estudio de baile de Elvira". Una placa de bronce al lado de la entrada lo catalogaba como "Sitio histórico". La puerta de mosquitero, hecha de un intrincado motivo de herrería, apenas permitía mirar hacia adentro. Al igual que un grueso muro de castillo, podía fácilmente mantener alejados a los intrusos.

—Es un lindo lugar —dijo sencillamente Chase.

—Hmmm.

Carácter, decidió Ricardo. Eso era lo que lo hacía destacar de entre los otros pequeños negocios. Parecía emanar de las paredes construidas hace décadas, una cualidad inherente que trabajaba desesperadamente por imprimirle a sus propios restaurantes. La mayoría de las veces lo lograba, a veces no.

Chase, su mala conciencia, caminó de regreso al aparato de CD.

—Es difícil no imaginarlo ahí.

Ricardo trató de imaginarse el lugar destruido y reemplazado por incontables metros de alquitranado. No pudo. Hombre. Se estaba volviendo vulnerable en su vejez. Al menos cerca de Chase.

El fútbol americano había sido más fácil. Se lanzaba un pase. Dependiendo de si era atrapado o no, se definía la siguiente jugada. Aunque Rick sabía que tenía el toque de Midas para los negocios, la vida era mucho más sencilla entonces.

Siguió mirando por la ventana, agradeciendo que Chase pudiera entenderlo tan bien y darle su espacio cuando lo necesitaba. Estaba hipnotizado por el letrero pintado a mano que pendía de la ventana anterior de Elvira. Era una lista de los tipos de baile que se enseñaban ahí, incluyendo ballet y tap, así como salsa y merengue, vals y swing. Escrita con un marcador rojo, con todo y plumadas, y con corazones en lugar de puntos sobre las íes. La complicada letra cursiva le recordaba la escritura de su hermana adolescente.

Eran claras omisiones el paso doble y el baile en línea. Él se haría cargo de eso. Forzó la vista para ver si Julia las habría borrado, quizás después de su partida. No había evidencias de ello. Además, el letrero parecía tan viejo como el estudio.

Julia no parecía astuta, aunque podía ser parte de su plan. Él se volvía un tonto cuando se enfrentaba a mujeres como Julia. Ella tenía fuego dentro de sí, una pasión que él mismo había perdido de vista hace algún tiempo. Si la tocaba, ¿podría ella volver a transmitirle esa pasión a su vida, a su trabajo?

Se peinó el cabello con los dedos. ¿A quién quería engañar? Julia no estaba luchando por el estudio. Estaba luchando por su tía. Él haría lo mismo por su fa-

milia. Una sensación de vacío en el estómago le dijo lo
mal que se había portado con Julia.

Sin embargo podría divertirse un poco. Quería ver
su pasión en acción. La pasión que bullía tan cerca de
la superficie tenía que derramarse a otras áreas de su
vida, y el quería estar ahí cuando eso sucediera.

—¡Planeta tierra a Rick! —la aguda voz de Chase
tronó en la habitación—. Cielos, llevo cinco minutos
hablándote, cuate.

—Lo siento. Pensaba en mi estrategia.

—¿Cómo es ella? —Chase se volvió a recargar en la
silla, con un gesto de gran satisfacción.

—¿Quién?

—La sobrina... ¿no era Julia?

Ricardo no podía huir de Chase. Lo volvía loco, si-
guiéndolo como un hermanito latoso que preguntaba
"¿Por qué?" una y mil veces hasta llevarlo al borde de
confesar cualquier cosa antes que seguir oyendo esa
pregunta. Mejor enfrentar a Chase de una vez.

Chase unió las puntas de sus dedos y comenzó a gol-
petearlos, esperando con obvio deleite.

—¿Y bien?

—Me echó de su propiedad. ¿Qué más podría de-
cirte de ella?

—Nada. A menos que sea pariente del Santo y conozca sus llaves de lucha libre. Lo que me intriga es tu
reacción. Por favor, continúe, querido paciente —le
agitó la mano como terapeuta, instándolo a continuar—. ¿Cómo es en realidad?

—Habla en serio.

—Ah. ¿En eso estabas pensando con esa mirada
tonta en tu rostro?

Si Chase supiera lo que había estado pensando, lo
martirizaría.

Chase sonrió.

—Apenas puedo esperar a que sea lunes por la mañana.

Aliviado ante la mención del trabajo, Ricardo lanzó un suspiro. Eso alivió la presión en su pecho.

—Bien. Volvamos al asunto en cuestión. Vamos a mi oficina.

—Qué sutil cambio de tema, Rick. ¿Quién más estará ahí además de la sobrina?

—Francisco Valdez, candidato a la alcaldía por este distrito.

—¿Cómo lograste eso?

—Hice mi tarea. Tengo contactos políticos en Texas que conocen San Diego y me pusieron en contacto con él.

Atravesaron la segunda puerta, junto a la mesa endeble. Chase silbó a través de los dientes.

—Esto sí que es una oficina... es enorme —sus ojos pasaron rápidamente de la puerta principal a Ricardo—. Nunca habría adivinado el tamaño de esta habitación, a juzgar por la fachada de la tienda.

—Por eso me encantó. Es mi segundo hogar. Debo hacerlo bien —Ricardo lanzó su sombrero sobre la caja de cartón en la esquina, cerca de la puerta—. Para cuando haya terminado de decorar este lugar, será digno del gobernador. O de ti.

—¡Fantástico! ¿Qué hay en la habitación de atrás?

—El baño. No cabe un jacuzzi, pero tiene todo lo demás.

—De eso estoy seguro. Si echas un colchón sobre ese escritorio tendrás una cama.

El escritorio estaba en el centro de la habitación, el brillo de la caoba relucía oscuro e intenso contra la elegante alfombra color vino tinto. Ricardo caminó hacia el escritorio, dejando a Chase en la puerta.

Recorrió con la mano sus orillas y después la suave y pulida superficie, y respiró hondo.

—Era ser de mi papá. Me lo regaló cuando me gradué. Cuando dejé el equipo yo mismo lo retoqué. Siempre lo envío a los lugares donde decido establecerme temporalmente. Es como un pequeño amuleto.

—¿Pequeño? Sólo en Texas —olisqueó y miró a su alrededor.

—¿Tienes flores de las mismas dimensiones? Aquí huele como una maldita florería.

Ricardo sonrió.

—Eres bueno. Esto solía ser una florería. Según la leyenda, la antigua dueña hechizó el lugar con sus flores, esperando enseñarle a quien hiciera negocios aquí a actuar con dulzura.

Vio la incredulidad en el rostro de Chase.

—O alguna tontería como esa.

—Ojalá sea una tontería. Ella no sabía que tú la sucederías aquí. El olor habrá desaparecido para el lunes en la tarde.

Ricardo le lanzó una mirada antipática.

—Te estás pasando de la raya, surfista. Vamos a trabajar antes de que lleguen los muebles. Pienso hacerte trabajar de sol a sol. Aquí te vas a ganar la paga.

Chase se rió.

—No lo dudo.

Ricardo y Chase estaban terminando de acomodar los muebles cuando sonó un golpe en la puerta principal. Pizza. Cuando Ricardo metió su brazo en el cajón del escritorio para buscar su cartera, sintió una punzada de dolor en el hombro.

—¡Demonios! —enderezó y se frotó el sitio adolorido.

Estaba agotado esa noche, y no precisamente por haberse ido de parranda.

—¡Pase, está abierto!

Finalmente tomó la cartera.

Tenía mucha hambre y estaba esperando a que Chase terminara sus llamadas telefónicas desde la privacidad de su oficina. La entrega a domicilio era lo mejor en el planeta, casi como un pase para anotación.

La pesada puerta se arrastró sobre la alfombra al abrirse, liberando nuevamente el aroma de rosas.

—¿Ricardo?

La voz de Julia flotó hasta él con el sutil aroma. Le gustaba escuchar la manera en que se oía su voz en sus labios. Volteó sin decir palabra, con la cartera en una mano, y varios billetes desparramados en la otra.

Julia estaba parada justo afuera de la puerta con una canasta de comida. Lo miró, y después miró sus manos. De inmediato se le oscureció el rostro.

—¿También duermes con tu cartera bajo la almohada?

Ricardo volvió a meter los billetes en la cartera.

—Creí que eras el repartidor de pizza.

—Vaya, gracias.

—Hablando de pizza, ¿nos acompañarías a probar la deliciosa comida italiana?

—¿Nos?

—Mi socio en el crimen. Él va a administrar los restaurantes de San Diego cuando regrese a Texas.

Ella retrocedió un poco.

Ricardo se maldijo.

—Lo siento. Este no es el momento de hablar de negocios. Es amable de tu parte haber venido.

La duda se asomó a sus ojos por un momento y al instante se desvaneció.

—Me temo que en realidad no se trata de una visita social.

Ella se pasó la lengua por los labios e, increíblemente, el suave tinte rojo no se desvaneció.

—Mi tía me obligó a venir con esto —le extendió la canasta por el asa de cuerda.

Él comenzó a caminar hacia ella, pero tras dar un vistazo a su expresión se volvió a sentar. Parecía que preferiría entrar a un ruedo vestida de rojo antes que dar un paso en su oficina.

—Es una buena vecina. ¿Aprendiste algo?

Julia inclinó la cabeza y lo examinó antes de hablar.

—Creo que mis modales como vecina son equiparables a los suyos, ¿o no?

—*Touché.*

Ella sopló hacia arriba y su fleco se agitó.

—Mi tía cree que si no le ofrecemos la canasta tradicional al nuevo chico de la cuadra, eso traerá mala suerte. En aras de la tradición, pues, y para evitar que nos llueva la mala suerte supersticiosa sobre nuestras cabezas o el estudio, aquí le ofrezco las tortillas hechas en casa de mi tía, recién salidas del comal.

Colocó la canasta en el suelo justo pasando la puerta y la empujó hasta donde alcanzó su brazo, pero no más. Sus dedos estaban a por lo menos cinco centímetros de la puerta.

—¿No crees que estás llevando esto demasiado lejos?

—Yo tengo mis propias supersticiones.

—¿Y yo soy una de ellas?

—No voy a poner un pie en tu oficina hasta que no tenga otra alternativa. El lunes: ni un segundo antes, ni antes de que esté preparada, ni antes de que salga el sol en ese aciago día.

Ricardo se paró con los pies muy separados. Esa mujer hablaba demasiado.

—¿Ésta es una de tus tácticas de negocios?

—¿Qué?

—¿Volverme loco con tu parloteo?

—Mi... ¿mi parloteo? —su voz ascendió una octava.

—Sabía que no debía quedarme ni un segundo más de lo estrictamente necesario —suspiró con dramatismo. Obviamente se le estaba acabando la paciencia—. Es un viejo truco de la publicidad. Repite el mensaje al menos tres veces de tres maneras distintas para darlo a entender de una manera efectiva. Particularmente si estás tratando con personas que no son capaces de entenderlo la primera vez.

—Estoy perfectamente familiarizado con esa táctica.
—atravesó la habitación hasta donde estaba ella. Las
rosas se perdieron en el aroma aún más delicioso que
provenía de la puerta, una maravillosa combinación de
Julia y las tortillas.

Recogió la canasta y se la entregó. Su dedo rozó el
de ella. Ella vaciló, pero se mantuvo firme. En cuanto a
su propio dedo, hubiera dado igual si lo hubiera insertado en un contacto eléctrico.

—La verdad es que, considerando las circunstancias,
yo no debería aceptar esto.

Ella carraspeó y se acomodó el cabello tras la oreja,
revelando delicados arillos de plata. La curva de su cremoso cuello gritaba por ser acariciada, besada, probada. *Que el Señor me ayude,* pensando en grupos de
tres, y además pensando en su cuello.

Ella le devolvió la canasta.

—Por favor. Por mi tía.

—Muy bien. Dale las gracias de mi parte —su voz
tronó más fuerte de lo que hubiera querido. Tomó la
canasta de la mano que ella le extendía—. Una sonrisa
me ayudaría a comerlas mejor, me evitaría una indigestión y se alegraría el ambiente por aquí.

Chase entró a la habitación y miró a Julia, a Ricardo
y nuevamente a Julia.

—Eres Julia, supongo.

Ella asintió.

—Tú debes ser su socio en el crimen.

—Por favor. Llámame Chase.

—Mucho gusto, Chase.

—¿Tienes algo contagioso?

—No.

—¿Entonces por qué estás parada allá afuera mientras nosotros estamos aquí adentro?

—Es una larga historia. Estoy segura de que Montalvo se lo explicará más tarde —dirigió su atención a Ricardo—. En cuanto a la sonrisa, lo siento. Tendrá que pedírsela a mi tía. Yo soy sólo la mensajera, un intermediario renuente, la sobrina que arrastra los pies para traerle esto.

—Ya lo entendí, Julita.

—Es Julia. Los dejaré para que cenen. Buenas noches, caballeros.

Ricardo colocó la canasta en el escritorio y se apresuró hacia la puerta. Le gritó a su sombra mientras se alejaba:

—Vuelve de visita cuando te estés sintiendo mejor. ¡Buenas noches!

¿Qué diablos le sucedía? Cerró la puerta lentamente, haciendo tiempo, esperando alguna inspiración divina antes de enfrentar a Chase.

—Me parece que ya está cambiando de opinión.

La ceja arqueada decía más de mil palabras.

—¿Estabas en la misma habitación, Rick?

Chase levantó el trapo de la canasta y el maravilloso aroma llenó la habitación.

—Lamento haberte interrumpido, pero era todo un espectáculo. Es muy bella y no te tiene miedo. Eso a mi juicio le da puntos. Será mejor que discutamos más la estrategia para el lunes.

—La estrategia está decidida —gruñó Ricardo, más molesto consigo mismo que con Chase—. Sólo llega a tiempo.

El delicioso aroma de las tortillas había inundado el hogar infantil de Ricardo. Dudaba que el contenido de la canasta pudiera compararse con las de su madre. Las volvió a oler, hundió su meñique en la mantequilla y lo lamió.

—Podría ser un truco —dijo en voz alta, aunque no deseaba hacerlo—. Veneno, si Julia se saliera con la suya.

Chase rió con ganas.

—Haría falta mucho más que eso para acabar contigo, hermano.

—Y que lo digas.

Chase tomó una tortilla caliente y la enfrió pasándola de una mano a otra.

—Aún así, tú primero.

Ricardo levantó el cuchillo de plástico y embarró una tortilla con la mantequilla dulce que se derritió al contacto. Volver a sentir el increíble aroma le abrió más el apetito.

Mordió media tortilla y cerró los ojos. Era el paraíso. Estaba en casa.

—Si esto es veneno, qué forma de morir.

Capítulo Tres

Extendiendo perezosamente un brazo, Julia corrió levemente las cortinas para asomarse al espectacular amanecer. Manchas de rosa y anaranjado coronaban los suaves tonos azules del cielo despejado.

—Qué manera de iniciar un lunes —murmuró, volviéndose a recostar.

Se deslizó bajo su grueso edredón y se acomodó en el sitio más cálido por un bendito momento más. Su cama *king-size* era un lujo, su mayor extravagancia indulgente. No pasaba una mañana en que no le diera gracias al cielo por ella.

Incluso los lunes eran soportables gracias a ella. Julia gimió.

—Excepto hoy.

Desperdiciar un estupendo lunes en la mañana con Montalvo no era la mejor manera de comenzar la semana.

Saltó de la cama, repentinamente ansiosa de comenzar a moverse. Jaló su ropa de ejercicio. El reloj antiguo en la mesa de cabecera le decía que se apresurara y la obligó a lamentar el par de minutos extra que se había tomado para consentirse.

Ella y su tía habían revisado la propuesta de negocios y estaban preparadas para contraatacar cualquier oferta que se le pudiera ocurrir a Montalvo. Aunque se sentía preparada para enfrentarlo, había dos hechos fehacientes que no podía olvidar: Montalvo era terco y ellas no pensaban vender bajo ninguna circunstancia. Fin de la historia.

Ella salió de su pequeño hogar con vista a la Ciudad Vieja de San Diego. La impresionante vista jamás dejaba de sorprenderla, y podía levantarle el ánimo casi de inmediato. El océano Pacífico, al oeste, lanzaba sus olas espumosas sobre playas que, a esta hora, estaban desiertas. Las colinas eran el escenario perfecto para los sitios históricos restaurados y recién pintados; las casas victorianas que se alineaban en la estrecha calle. El Presidio estaba sobre otra colina, fácilmente visible con su campanario de estuco y techo de tejas rojas. Al sur de la misión estaba un campo de golf de nueve hoyos. Julia jugaba ahí una vez por semana con el abuelo, apuestas y todo.

Se le estaba haciendo tarde. El abuelo estaría paseando frente a su casa, que estaba a un par de cuadras de distancia, formando una zanja a lo largo de la cerca blanca. Debería convencerlo de que eligiera otro día para su paseo matutino. Los lunes eran imposibles.

Al iniciar su camino para reunirse con él, suspiró. Imposible, quizás, pero no cambiaría su preciado tiempo con el abuelo por nada.

Las palabras de Montalvo sobre hacerse cargo de su tía perturbaron a Julia el resto del día. Cuando abandonó su puesto de relaciones públicas con la prestigiosa compañía Valdez y Cohen, también dejó atrás sus prestaciones. Los ahorros que Montalvo había mencionado eran casi nulos, particularmente mientras ella estaba en el proceso de establecer su propia compañía. Varios clientes se habían ido con ella, pero pasaría un tiempo antes de que pudiera dejar de contener el aliento cada vez que esperaba a que un cliente aprobara una nueva campaña de publicidad.

Miró hacia arriba demasiado tarde. A pesar de la hora, Lorenza y su vecina estaban haciendo guardia en la esquina, inspeccionando a cada paseante matutino mientras compartían los últimos chismes.

Julia saltó detrás del ciprés más cercano en un jardín sin cerca y se aferró a la áspera corteza como si fuera a volverla invisible. De repente sintió mucha lástima por las estrellas de cine que tienen que soportar a los *paparazzi*. Lorenza por sí sola ya daba bastante lata.

—Oh, Julia —Lorenza levantó la voz, quizás con la esperanza de despertar a los vecinos—. Puedo ver a tu abuelo desde aquí. No se ve muy feliz.

Sus jugarretas casi siempre funcionaban, y solía atraer al público que deseaba. Era casi tan buena como Cristina, la conductora del programa de TV.

Julia respiró hondo y volvió a la acera antes de que Lorenza lograra despertar a todo el barrio.

—Buenos días, Lorenza.

Julia ascendió por la inclinada calle hasta la sonriente mujer, la besó en la mejilla y saludó a la otra.

Lorenza sostuvo la barbilla de Julia entre sus dedos.

—No te ves tan mal considerando las circunstancias, incluso a la luz de la mañana —le dio un golpecito en la mejilla—. ¿Estás manejando bien lo del rompimiento?

—Sí, Lorenza. Igual que Cisco.

—En realidad es una lástima. Parecían hechos el uno para el otro.

—Siempre fuimos buenos amigos. Siempre lo seremos. Pero eso no basta para un matrimonio.

—Yo lo hubiera hecho bastar. Hoy alcalde, mañana gobernador, y en diez años la Casa Blanca. Chiquita, quizás hayas cometido un gran error.

—No lo creo.

Julia se asomó sobre el hombro de Lorenza. El abuelo hizo una mueca y señaló su reloj.

Comenzó a retroceder hacia el abuelo.

—Llevo prisa. Voy tarde.

—¿Y qué hay del vaquero? —gritó Lorenza—. Se ve delicioso.

—No es mi tipo.

—Nunca digas nunca, cariño.

Julia se fue trotando. Las risas de las mujeres le rebotaron en la espalda. Esperen a que se enteren de la historia de Ricardo. A Julia le esperaba un largo verano.

—¡Oye, abuelo!

—Ya casi es hora, Julia. Ya pasó la mitad del día —su tono era serio mientras señalaba su reloj, pero la risa en sus ojos la impulsó a amonestarlo con el dedo.

—Buen intento, abuelo —Julia miró su propio reloj, horrorizada por su retraso de cinco minutos.

—Los restaurantes aún no están sirviendo el desayuno —le dio un gran abrazo y le plantó un beso en la mejilla.

—Lamento mucho llegar tarde, ¿qué tal si lo olvidamos? Es lunes y...

—Shh.

Se paró justo frente a ella y le examinó el rostro. Colocando su mano sobre su frente, dijo:

—Y no te ves muy bien.

—Estoy bien abuelo, pero no me emociona mucho el enfrentamiento que tendré dentro de un rato con ese abusivo —le tomó el brazo.

—A mí me pareció un caballero.

Se dirigieron por la calle hacia el este. La leve cuesta comenzó a acelerar su ritmo cardíaco.

—Eso es porque no abrió la boca cerca de ti.

Se encogió de hombros.

—Me parece que tú lo impresionaste bastante.

—¿Y cómo logré eso?

—No lo sé, pero lo vi en sus ojos. Tendrás que tener cuidado con él.

Un escalofrío le recorrió la espinilla y la piel se le puso de gallina.

—Puedo manejarlo, abuelo. De una u otra manera lo convenceré de que no necesita el estudio.

—Antes de ir allá hoy, toma en cuenta su personalidad. No creo que Montalvo te hubiera permitido romper tu compromiso, incluso después de una hermosa y tranquila discusión, como sucedió con Cisco. Él hubiera golpeado la puerta para rogarte que te quedaras. Y probablemente lo hubiera logrado, conquistándote hasta que no lo hubieras podido resistir.

Ella se estremeció.

—Que horrible idea.

—Sólo quiero que estés preparada. La mayor diferencia entre los dos es que Cisco conoce sus limitaciones con nuestra familia y Montalvo no. Diablos, yo le cambié a Cisco los pañales. Comió en nuestra mesa más que en la suya propia. Si te lastimara, conocería mi ira.

Le acarició el hombro.

—Él no me lastimaría. Creo que esto ha sucedido en un buen momento. Su campaña política está floreciendo y ahora puede dedicarle todo su tiempo. Es el principal candidato.

—¿Qué? —el abuelo la miró como si le estuviera hablando en un idioma de otro planeta—. ¿Y eso qué tiene que ver con lo que sentían el uno por el otro?

Se encogió de hombros.

—Cisco y yo hemos sido amigos y socios por demasiado tiempo y nos conocemos demasiado bien. Tuvimos que enfrentar el hecho de que tener una amistad sólida no es garantía para el amor.

El abuelo no podía dejar de negar con la cabeza. Le acarició la mano mientras le decía:

—Ay chiquita, tú no lo entiendes. Si de entrada tienes que racionalizar las cosas demasiado, no puede ser amor. Tu generación jamás deja de sorprenderme. Por favor dime que no ibas a firmar un acuerdo prenupcial.

A Julia le pareció mejor guardar silencio antes que admitir que los papeles habían sido firmados y certificados por el notario un año después del compromiso. Pero bastó una mirada al rostro serio de su abuelo para que éste se diera cuenta. La consumieron olas de vergüenza, pena y deseo. ¿Qué se le había escapado? ¿Cómo pudo estar tan equivocada, pensando en un amor con tantas estipulaciones?

El abuelo se detuvo y la volteó a mirar.

—Nunca te conformes, Julia. La vida es demasiado corta para eso —le dio un golpecito en la mejilla—. Hiciste lo correcto al no casarte esta vez, aunque es un buen hombre. Cuando sea el momento correcto, sentirás una increíble alegría y la mayor desesperación y un gran caos en tu cabeza, a veces todo al mismo tiempo.

Comenzó a sonreír, pero frunció el entrecejo y el dolor se hizo evidente en las arrugas que se formaron entre sus ojos. El color abandonó su rostro, dejándolo cenizo.

—Tú... —su boca se movió, pero no salieron las palabras. Se agarró fuertemente el pecho.

—¿Abuelo?

Apretó con fuerza inmisericorde la mano de Julia.

Julia lo rodeó con su otro brazo para sostenerlo.

—¡Abuelo!

Él se soltó y le hizo un gesto para alejarla.

—¡Estoy bien! —jadeó.

Fue como un golpe para Julia. Su tono se endureció.

—No, no lo estás —volvió a extender la mano hacia él.

Él le golpeó la mano.

—Sí, lo estoy.

Jadeó un par de veces más antes de poder detener la agitación de su pecho.

Julia retrocedió para abrirle espacio. Sorprendida ante la reacción del abuelo a sus intentos de ayudarlo, se sobó la mano a falta de algo más que hacer. Él nunca había reaccionado así ante ella y eso la asustaba. Parpadeó rápidamente para asegurarse de no llorar.

Se sobó el centro del pecho con la palma de la mano durante unos segundos más.

—Es sólo esa maldita indigestión, eso es todo.

El color le había vuelto a las mejillas. Su postura era tiesa, como si se estuviera esforzando por mantenerse erguido.

Julia esperó hasta que volteó a verla y lo miró a los ojos.

—¿Cuándo es tu próxima cita con el doctor?

—Esta tarde.

—Yo te llevaré.

El abuelo meneó la cabeza.

—Sólo si logras primero controlar la situación de tu tía. Necesito estar seguro de que ella estará bien.

—Y yo necesito asegurarme de que tú estarás bien —trató de mantener en la boca del estómago ese temblor al que no estaba acostumbrada, y de evitar que le llegara a la voz—. Primero llamaré al doctor. Si dice que puedes esperar, terminaré con Ricardo y pasaré a buscarte cuando menos lo esperes. Si dice que no puedes esperar, tendrá que hacerlo Ricardo.

—No quiero que te preocupes por mí ahora. Debemos preocuparnos por tu tía. Debemos preocuparnos por Montalvo. Debes crear una alternativa que lo deje conforme. Sé que puedes hacerlo. Yo puedo esperar hasta esta tarde, entonces podrás preocuparte por mí todo lo que quieras.

—Me tomará un tiempo, pero hallaré una solución, lo prometo.

—Buena chica. ¿Así que tienes tiempo para prepararme un desayuno? —preguntó esperanzado.

Ella le tomó el brazo, dolorosamente consciente de lo frágiles que se sentían sus huesos.

—Claro que sí. ¿Qué tal algo de avena?

Su voz era firme, incluso casual, aunque su corazón estaba lleno de temor.

—Todo menos avena.

—¿Por qué?

—Sólo la gente vieja come esa pasta diariamente.

—Entonces ya está arreglado. Cada uno de nosotros comerá un plato —Julia aflojó el paso y viró en la esquina.

Se aferró fuerte a su abuelo. Si Ricardo aún no lo había entendido lo haría pronto: su familia era lo primero. Esa convicción era la única arma que necesitaba y dejó de tener miedo.

La cálida y brillante luz del sol bañaba la oficina de Julia. Cualquier resabio del fresco aire matutino se había disipado con su creciente aprehensión ante la reunión con Ricardo. Sobre su reluciente escritorio yacía el archivo recién impreso con sus preguntas y contraataques.

Estaba tan lista como podía estarlo. Se esmeró con su maquillaje y eligió el delineador y lápiz labial escarlatas. Débil armadura, quizás, pero necesaria. Tomó los archivos, los aventó en el portafolio y lo cerró.

La oficina de Ricardo parecía desierta. Llamó a la puerta y no hubo respuesta. Julia pasó el portafolio a su mano izquierda. Se ajustó el saco y la corta falda de su traje rojo. No sólo era su traje de negocios; también le levantaba el ánimo y la confianza de un solo golpe.

Golpeó con más fuerza la pesada puerta de madera, raspándose los nudillos. Maldijo en voz baja.

—*Táctica* —murmuró.

Lo esperaría diez minutos y se iría. Golpeó una última vez.

—¡Montalvo!

La puerta se abrió de para en par. Ricardo estaba sin camisa. Caían gotas de agua de las puntas de su largo cabello a su pecho, proporcionándole un leve brillo.

—Julia.

Se cruzó de brazos en un aparente intento de cubrir su pecho, pero eso sólo le acentuó los músculos. A

Julia se le hizo un nudo en la garganta. *Táctica poco común*, pensó, *y totalmente injusta.*

—Llegas temprano —parecía genuinamente incómodo, al punto de ruborizarse—. Pensé que eras Chase. Pasa. Me he retrasado un poco, pero hay café y pan dulce en la mesa. Sírvete, por favor.

Retrocedió para permitirle echar un vistazo a la caja rosa que ella reconoció de inmediato como proveniente de la panadería de su tío. El café estaba en la mesa estrecha que se apoyaba contra la pared opuesta.

—¿Ahora quieres acercarte utilizando a mi tío?

—¡Ay! —colocó el puño sobre su vientre firme y jaló hacia fuera, como si ella lo hubiera atravesado con una vieja lanza y él tuviera que sacarla o morir—. ¿Nunca le has dado a nadie el beneficio de la duda? A mí me encanta el pan dulce y simplemente me ofrecí como conejillo de Indias para una nueva receta que estaba ensayando. Él, por su parte, me regaló unos cuantos panes.

—Aquí hay gato encerrado.

—Dímelo a mí. Lo que inventó es una de las delicias más maravillosas que he probado. Me encantaría incluirlo en el menú de mi restaurante. Por otro lado... —levantaba y bajaba cada mano como si estuviera pesando manzanas—. Nunca debería ofrecerle mis servicios de catador a un panadero. Si algo tiene más de una taza de azúcar estoy totalmente conforme.

Era demasiado amable. Julia se concentró para poder verlo mejor más allá de ese cuerpo.

Él retrocedió hacia una puerta que estaba al otro lado de la habitación.

—¿Me disculpas unos minutos?

—Dijiste que a las diez —logró decir mientras miraba la oficina, el helecho saludable en la esquina, la cafetera, el reloj de la NFL... cualquier cosa y todas menos su pecho—. Te daré cinco minutos.

Se detuvo a medio paso. La ceja arqueada y su enloquecedora sonrisa burlona le agregaban más carácter a su rostro que la risa franca.

—Eres muy generosa.

Su sarcasmo le irritó los nervios.

—Mucho. Cobro cien dólares la hora sólo por consultas.

—¿Sólo eso? Por lo que sé, preciosa, vales mucho más de eso.

—Me temo que mi familia no es objetiva.

Él echó su cabeza para atrás y soltó una carcajada, sorprendiéndola. El alegre y pleno sonido no parecía ajeno a su vida o a sus labios. La carcajada reverberó por todo su cuerpo, dificultándole la tarea de frenar la sonrisa que se asomaba a sus labios. No podía recordar la última vez que había oído a alguien reírse así. Ahora que lo pensaba, hacía rato que no escuchaba su propia risa llenando una habitación.

—Preciosa, esa fue una agradable sorpresa —se colocó la toalla al cuello. Cada sutil movimiento de los músculos de sus antebrazos y pecho era terriblemente perturbador—. Serán cinco minutos.

En cuanto Ricardo hubo atravesado la puerta hacia lo que supuso era su oficina, Julia dejó su portafolio al lado de las cajas de cartón cerradas. Se secó las palmas sudorosas contra los costados de su falda. Mientras se dirigía hacia la mesa del café con un paso aparentemente más seguro de lo que sentía, Julia repitió su mantra tranquilizador.

Levantó la tapa de la caja y el aroma de los panes recién horneados se desplazó por el aire. Casi suspiró. ¿Cuántas cosas más sabía Montalvo sobre ella? ¿Sabía que gracias a su afición por los dulces podían vendarle los ojos a medianoche y aún así era capaz de hallar una caja de pan dulce oculta a propósito al otro extremo de la casa, en el segundo piso?

—*Tácticas injustas* —murmuró.

Se sirvió una taza de café y miró la cubeta de hielo

de plata a mano derecha de la cafetera. Estaba llena con una variedad de cremas de sabores exóticos.

Le agregó Amaretto a su café, tomó una concha de la caja de pan y se acomodó en la única silla de la oficina. Esperó que Montalvo se tomara diez minutos.

La puerta principal se abrió lentamente.

—¿Rick? —Chase asomó la cabeza y, al ver a Julia, sonrió cálidamente—. Ah. Un rostro aún más bienvenido. ¿Cómo estás esta mañana, Julia?

—Aprehensiva, cautelosa, preparada.

Se llevó el último trozo de pan a la boca y reprimió el impulso de tomar su polvera y buscar las migajas restantes en su rostro. En lugar de ello se lamió los labios.

—Y con razón —tomó dos panes y se sirvió una taza de café caliente sin crema—. Ven, esperemos a Rick en su oficina.

Ella lo siguió, pero se detuvo en la puerta.

—Guau!

—Impresionante, ¿no?

Julia respiró hondo, la rica y poderosa fragancia de una docena de flores conspiraba de alguna manera para crear una mezcla exótica del paraíso. Casi esperaba ver a la anciana trabajando en la esquina de la habitación, preparando incontables arreglos con manos hábiles y eficientes.

—Qué increíble olor.

—Al principio Rick no sabía qué hacer al respecto, pero ya se acostumbró —Chase acercó una silla al enorme escritorio de madera oscura que estaba al centro de la habitación, y colocó sus panes en la brillante superficie. Ella caminó alrededor del escritorio de ébano, hipnotizada por la hechura. Recorrió las suaves orillas con la mano.

—Excelente gusto —murmuró, reconociendo la atención al detalle en las líneas intrincadas.

—Gracias, preciosa —el acento tejano de Ricardo

cruzó la habitación. Ahora totalmente vestido, se veía impresionantemente bien en un traje color azul marino. La suave iluminación de la oscura habitación se reflejaba en sus zapatos Gucci. Se veía tan cómodo con el traje como se había visto con los pantalones de mezclilla en el estudio. El saco cruzado enfrente le acentuaba el pecho, esa poderosa e injusta táctica de distracción.

Chase miró a Julia, luego a Ricardo y de nuevo a Julia.

—Hmm. senor "Traje de Negocios", le presento a la señorita. "Traje de Negocios".

Lanzó una risa burlona y mordió su pan, llenando de migajas su pantalón de mezclilla y el suelo alrededor de sus Nike.

—Julia, debes perdonar a Chase. No tiene cerebro, pero de vez en cuando intenta hacer algún chiste —Ricardo se golpeó la cabeza con el índice—. Demasiadas tacleadas.

Ricardo volvió a lanzar esa risa maravillosa y atravesó la habitación hasta su escritorio. Acomodó algunos papeles que yacían sobre él.

—Es hora de trabajar —dijo, desenrollando lo que parecían ser unos planos sobre el pulcro escritorio.

Julia abrió su portafolios.

—Como le dije el otro día, no estamos en venta.

—¿Por qué no te tranquilizas un poco, Julia? —la sonrisa amenazó con reaparecer en sus gruesos y tentadores labios, pero desapareció cuando ella no respondió.

—Si te acercas por acá, me gustaría mostrarte mis planes. La visión que tengo para mí mismo y para cada comunidad en la que construyo, va más allá de los edificios. No soy un pirata que se dedica a robar y a saquear porque sí. No tengo que serlo.

Ella lo examinó, apreciando su candor tanto como lo cuadrado de su mandíbula, que le daba un aspecto rudo y esculpido, e ignoró el olor de esa maldita colonia Stetson. No sonaba amenazador.

—Muy bien —se levantó renuentemente de su asiento—. Muéstramelo.

—Trato de proporcionarle algo positivo a las comunidades donde construimos —Ricardo señaló Chase—. En cuanto estén construidos los tres restaurantes de San Diego, Chase tomará mi lugar como Administrador General y los va a administrar mientras avanzo por la costa hacia Los Angeles, San Francisco y hasta Portland y Seattle.

Chase estudió los planos.

—Los restaurantes serán mi responsabilidad. No tuvimos ningún problema al instalar los otros dos, pues fueron construidos en zonas deshabitadas. Prometo cuidarlos bien, así como las comunidades a las que atienden. Tienes mi palabra sobre eso, Julia.

—¿Qué significa eso en este caso, Chase? Que después de que destruyan el estudio de mi tía para construir un estacionamiento limpiarán el barrio? —se acercó más a Ricardo para ver mejor los planos que estaban extendidos sobre el escritorio—. Mira estos planos. ¿Cómo van a preservar el tranquilo aire de la Ciudad Vieja con una monstruosidad así?

Chase se rascó la cabeza y sorbió su café negro.

—Será construido como los edificios vecinos, con estuco y techos de teja roja con puertas de madera. Pretendemos fundirnos con el ambiente y preservarlo hasta donde sea posible. Así se instaló Rick en las otras ubicaciones.

El inmutable Ricardo sacó otro enorme papel y lo desenrolló.

—Déjame darte una mejor idea —lo extendió sobre los planos y Julia vio que era un mapa del area.

El artista había creado una hermosa imagen de un edificio estilo español, un edificio enorme. Parecía como una mamá osa rodeada de muchos oseznos del mismo aspecto y calibre.

No estaba tan mal, pensó Julia.

—Veo que en esta imagen el estudio de mi tía sigue ahí.

—Esto fue antes de que calculáramos las dimensiones del área circunvecina. Mira, podemos mover el estudio de tu tía a este otro lote en la misma calle.

—¿Te cuesta demasiado trabajo entender la palabra "no", Montalvo? A excepción de tu oficina, esta es la esquina de la familia. Aquí estás parado en un sitio histórico. Uno no mueve los sitios históricos a un lugar más conveniente.

—Julia, está sólo a media cuadra, por Dios, no al otro lado de la ciudad.

¿Por qué no podía entender lo importante que era esto para ella y para su tía? ¿Para su familia?

—¿Qué diría tu madre si dejaras a una anciana en la calle, Montalvo?

Él frunció el ceño y la ira en sus ojos casi la hizo retroceder.

—Señorita, yo *no* soy el monstruo que crees que soy. Yo me hago responsable de mis acciones. Te di mi palabra de que me haría cargo de tu tía. El dinero sólo es parte del asunto. Si trabajas conmigo en esto, verás que también le conviene a los intereses de tu tía —golpeó el escritorio con ambos puños.

Julia no tenía duda alguna de que si hubiera terminado de decir lo que pensaba, sus puños fácilmente habrían atravesado la gruesa madera. Le habría podido sacar el aire de un apretón a cualquier balón de fútbol americano que se le interpusiera en el camino. Punto para Ricardo por su autocontrol.

Chase carraspeó.

—Tenemos compañía.

Francisco estaba parado en la puerta de la oficina. Con un ligero gesto de sorpresa en el rostro, los recorrió a los tres con la mirada hasta posarla en Julia.

Julia se enderezó y enfrentó a Ricardo.

—Montalvo, ¿qué significa esto? ¿Qué hace Cisco aquí?

Ricardo miró a Julia y a Francisco.

—¿Cisco? Parece que ustedes dos se conocen.

Ella cruzó los brazos, cada vez más furiosa.

—He conocido a Cisco toda mi vida, pero mis asuntos personales no tienen nada que ver con el asunto que estamos tratando. Usted dejó bastante claro que aquí no cabían las emociones. Ahora responda a mi pregunta.

—El señor Valdez me va a proporcionar el respaldo político que necesito para este proyecto. Ha accedido a ayudarme a promocionar el restaurante como algo ventajoso para la comunidad.

Se dio la vuelta para encarar a Francisco.

—¿Tú *qué*?

—Julia —su voz era suave y tranquila, mostrando su propia versión del autocontrol, en contraste con la rabia hirviente de Ricardo. Eso sólo aumentó la tensión. Atravesó la habitación y se dirigió hacia ella.

Ella le permitió tomar sus manos y besar cada una de sus mejillas, respondiendo al gesto.

—¿Qué estás haciendo, Cisco? —siseó.

—Este es mi distrito. El señor Montalvo me envió hace meses una propuesta sobre el proyecto.

Francisco procedió a estrechar las manos de Ricardo y Chase. Volvió con Julia.

La asustada mente de Julia pensó brevemente en una conspiración.

—¿Hace meses? —sintió náuseas al entenderlo. Se habían puesto de acuerdo "hace meses".

—¿Hace meses y no me lo dijiste, no me lo advertiste entonces?

—No lo tomé en serio hasta ahora, que ya se mudó a la ciudad. Va a construir ese restaurante con o sin nuestro apoyo. Me parece que será mejor para todos si apoyamos su proyecto.

—Estás hablando de mi familia. Me sorprende la

coincidencia de que aceptes el proyecto justo después de nuestro rompimiento.

—No es lo que parece, Julia. Siéntate, por favor. Discutamos esto racionalmente.

Francisco se sentó en el sillón de piel que estaba cerca de Julia. Sus movimientos eran tan suaves como los impecables pantalones de su traje de diseño italiano.

—Verás lo que es ser racional, Cisco. Te has convertido en el político que juraste nunca ser.

Algo le brilló en los ojos, pero la voz de Francisco se mantuvo totalmente tranquila.

—Eso no es verdad, Julia, pero he tenido tiempo de pensar en esto y debo actuar.

Julia miró a Ricardo en espera de respuestas que calmaran su caos interno. Por alguna desquiciada razón sabía que él sería derecho con ella.

—¿Por qué mi familia?

Ricardo atrapó y retuvo su mirada.

—No sabía que Valdez tuviera algún interés personal en esto, aunque en realidad no tiene importancia. Yo, personalmente, te lo hubiera dicho hace meses, lo considerara o no un proyecto viable. Lamento que no se te informara antes.

Que el cielo la ayudara, pero ella le creyó. Y, sin embargo, también había creído alguna vez en Francisco. Sintió que las paredes se le venían encima rápidamente.

Él miró furioso a Ricardo.

—Sí, bueno, cometí un terrible error al no decírtelo, Julia. Me disculpo sinceramente por eso, y también me disculparé con tu tía —sus suaves ojos parecían rogarle y se agitó nervioso en su asiento—. Ahora que el señor Montalvo ha pulido su propuesta de negocios, es la mejor que he escuchado para rejuvenecer esta zona. Creo que debes venderle el estudio de tu tía.

Capítulo Cuatro

Julia estaba parada entre Ricardo y Francisco, iracunda.

—¿Vender el estudio?

Si lo que Cisco quería era desquitarse con ella por haber roto el compromiso, había elegido un mal día para hacerlo.

Enfrentada como estaba a dos hombres poderosos, éstos podían creer que controlaban el futuro de su tía, pero ella no estaba a punto de ceder. No sin luchar.

Se levantó con una lentitud calculada y deliberada, ganando así un minuto extra para pensar bien las cosas. Miró su reloj, plenamente consciente de que no debía perder tiempo, ya que su abuelo la estaba esperando en casa.

—Francisco, ¿qué ganas tú con eso? —se recargó en la orilla del escritorio pulido.

Francisco carraspeó.

—No me estoy vendiendo, si eso es lo que crees.

—Claro que te estás vendiendo, Cisco. Mi familia prácticamente te crió y, sin embargo, estás dispuesto a ser un Judas traidor.

Francisco jugueteó con el nudo de su multicolor corbata Pierre Cardin.

—El desarrollo de esta zona es parte de mi plataforma política. Tú sabías eso cuando trabajaste a mi lado. Creíste en mí. Me promocionaste. Conoces mi agenda. No me acuses de prácticas que ambos despreciamos.

—No, no —no pudo dejar de agitar la cabeza—. No sé qué fue lo que te ofreció Montalvo, pero has cambiado. Te conozco demasiado bien y puedo sentirlo.

Cansada y frustrada por sonar como un disco rayado, se retiró un cabello extraviado de la frente.

—Las personas de aquí merecen más consideración. Son individuos, casi todos de edad avanzada, y todos pretenden vivir y morir en esta comunidad.

Francisco se puso de pie con los puños cerrados.

—No te lo creas tanto, Julia. ¿Crees que no lo sé? —se esforzó por controlar su voz—. Tu abuelo, tu tía y tú son parte de mi familia. Ésta es mi comunidad. Creo que lo que el señor Montalvo propone nos beneficiará a todos. Por supuesto que pensé en Elvira al respaldar este restaurante. Con el dinero que él le ofrece ella podría viajar, pintar y hacer las mil y una cosas que siempre quiso hacer en su vida.

Julia golpeó la mano en el escritorio.

—¿Por qué creen ustedes dos que saben lo que es mejor para mi tía? El estudio es su vida. Si hubiera querido hacer otra cosa habría cerrado el negocio hace años.

—¿Y por qué crees que tú sabes lo que es mejor para tu tía? —contraatacó Francisco—. ¿Se lo preguntaste o simplemente te has hecho cargo sin tener idea de lo que ella realmente quiere?

Ricardo aplaudió en un gesto exagerado.

—¡Bravo! ¡Bravo!

Empujó su silla hacia atrás y colocó sus pies sobre el escritorio.

—Muy buenos alegatos por ambas partes. Me da una idea más clara de cómo adaptar mi propuesta a sus necesidades. Ahora es mi turno.

Su voz exigía atención. Los años que llevaba en el mundo de los negocios no habían preparado a Julia para alguien como Ricardo. El calor y la energía que emanaban de su cuerpo simplemente reflejaban el modo en que su mente calculaba, descifraba y se concentraba. Esa mente decidida podía ayudarlo a saltar sobre cualquier víctima inocente. Ella no sería esa víctima.

Se alejó de él y volvió a sentarse entre Francisco y Chase. Lo lamentó de inmediato.

Eso puso a Ricardo al centro del escenario, y su actuación fue brillante. Se paró ante ellos como un gran conferencista, listo para abundar en la última teoría sobre un sistema solar recién descubierto. Se quedaron sentados el uno junto al otro como alumnos anonadados.

Ricardo empujó su silla para atrás con una leve presión de su bien desarrollada pierna.

—En resumen, el señor Valdez coincide con mi forma de pensar. Es un visionario. Julia prefiere que las cosas permanezcan como están. Prefiere la seguridad de lo reconocible, lo cómodo. Eso no significa que sea malo. En algún lugar debe haber un punto medio.

Pareció olvidarse de todos los presentes. Su mirada se fijó en Julia y el brillo volvió a sus ojos y su voz.

—Julia, he hecho todo esto muy mal. Primero que nada quiero presentarte una disculpa.

El olor de rosas parecía filtrarse por el ventilador. Sin defensa alguna, Julia se reclinó en su asiento y abrió los ojos con sorpresa. ¿Cuándo había usado Ricardo la dulzura en sus tratos de negocios? ¿Se estaba preparando para atacarla?

No le sirvió de mucho que su acento la acariciara como una refrescante brisa de verano, o que la mirara de tal modo que los otros dos hombres terminaron por desaparecer como las últimas notas de un vals.

Él caminó a lo largo de su escritorio.

—Me tomará unos minutos explicar mi plan de negocios, la manera en que cada uno de ustedes encaja en el plan y cómo espero que podamos trabajar juntos. Hay, por supuesto, espacio para las sugerencias. Mi meta es llegar a un punto medio satisfactorio.

—¿Satisfactorio para quién? —se le escaparon las palabras de la boca antes de que pudiera detenerlas.

—Para mí, principalmente. Estamos hablando de las ganancias financieras y del desarrollo de mis restaurantes. Pero me gustaría que todos quedáramos contentos con esta propuesta. Al contrario de tu primera impresión de mí, no siempre soy tan terco.

—Sólo el noventa y nueve por ciento del tiempo —murmuró Chase.

Ricardo deslizó sus manos en los bolsillos del pantalón. La parte inferior de su saco se le abultó en las muñecas.

—No estás colaborando con la causa, Chase.

Trató de fruncir el ceño, pero en cuanto miró a Chase a los ojos, desaparecieron los profundos canales entre sus cejas. Casi oculta detrás de la corta barba, una leve sonrisa tocó las comisuras de sus labios.

—Chase siempre ha sido un excelente apoyo.

Chase se rió disimuladamente.

Julia volvió a mirar su reloj. No pensaba perderse la cita del abuelo con el doctor.

Ricardo le lanzó una mirada interrogadora, y carraspeó.

—Julia, cuando hice mi primera investigación de San Diego, esta me pareció la zona más prometedora. Nunca he tenido un restaurante en un ambiente de Ciudad Vieja, ni en una zona básicamente turística. Esto representaba lo mejor de ambos mundos. Chase hizo el trabajo de campo, el lote baldío estaba en venta y me dio el nombre del señor Valdez. Valdez reconoció el valor de una oportunidad así. Podría atraer a personas más jóvenes, impulsar la economía, incluso ayudar a enseñarles parte de nuestra herencia a los visitantes. El único inconveniente era la falta de espacio para estacionamiento. Entonces ubiqué el estudio de tu tía. Cuando investigué su historial debo admitir que lo único que pude ver fue su edad y que quizás, sólo quizás, podría estar lista para jubilarse. Estaba dispuesto a ofrecerle una alternativa cómoda.

Julia luchó por mantenerse racional, absorbiéndolo todo. Él no dejó asunto sin resolver. Ella examinó su rostro, la belleza de su oscura piel y su cabello grueso, y se preguntó cuánta compasión yacía tras el rostro endurecido y el cuerpo aún más duro. Si el brillo de sus ojos y el latente sentido del humor podían ser una señal, aún había esperanzas.

—El asunto es más complejo, señor Montalvo.

Se levantó de su asiento y rodeó el escritorio para encarar a Ricardo. Llevaba su portafolio. Sintió la fuerte presión del escritorio en la parte trasera de sus muslos.

—Por favor, señor Montalvo —murmuró—, tome asiento —señaló la silla que estaba detrás de él.

Ricardo asintió secamente e hizo lo que se le había pedido. Se desabrochó el saco y se sentó en la enorme silla forrada con una gruesa lana acojinada y con apoya abrazos de palo de rosa. Se reclinó en la silla y esperó.

Al ver el espacio libre de su sobrecogedora presencia, se le aclaró la mente.

—Me gustaría que me dieran tres meses.

Él se enderezó de inmediato con todo y silla.

—¿Tres meses? ¿Para qué?

—Es el tiempo que necesito para idear ya sea una alternativa para ti o un plan de retiro para mi tía —miró a Cisco—. O para enfrentarlos a todos hasta la muerte.

Ricardo soltó una carcajada de genuina algarabía.

—El drama te sienta bien.

La sonrisa volvió a su enloquecedor gesto de sarcasmo.

—Si te doy tres meses, ¿qué gano yo?

Finalmente la idea cobró coherencia.

—Te dedicaré diez horas de mi tiempo a la semana para desarrollar tu campaña publicitaria.

—No lo creo.

Volvió a recargarse en la silla, se acarició la barba y finalmente meneó la cabeza.

—Necesito un trabajo de calidad. Experimentado, contemporáneo, rítmico. Tú, preciosa, pareces tener una forma de pensar muy tradicional.

Así que apelar a su sensatez tampoco funcionó.

—No estoy atorada. Los valores familiares son importantes. Mi familia siempre me ha respaldado, y ahora es mi turno de responder ante ellos. Puedo hacerlo mediante la publicidad o los negocios. La publicidad es la publicidad y soy muy buena en cualquier campaña que desarrolle. Tienes mi palabra de que obtendrías un resultado de mucha calidad.

Ella abrió su portafolio sobre los planos y dibujos.

—Estos son ejemplos de algunas de las campañas que he producido.

—¿Me estás dando tu palabra? Eso no funcionó cuando lo dije yo. ¿Por qué iba a funcionar ahora? —estiró su pierna y la rozó contra el tobillo de Julia al inclinarse hacia adelante en su asiento.

Ella logró disimular su reacción ante ese contacto.

—Deja de complicar esto. Te estoy pidiendo tres meses durante los cuales trabajaré una cantidad fija de horas para ti y tú, a cambio, dejarás en paz a mi tía y le permitirás llevar su negocio normalmente.

Él hojeó el portafolios.

—Aún no veo qué gano yo.

—Si después de esos tres meses logro convencerte de que es necesario que permanezca ahí, ajustarás tus planes y dejarás su estudio intacto. Si no logro idear una alternativa para el problema de estacionamiento, entonces podrás usar tu comodín y yo personalmente te ayudaré a mudarte con una sonrisa en el rostro.

Él hizo un ademán pensativo, calculando el riesgo, seguramente.

—Puedo darte los tres meses. Es el tiempo que necesito para arreglar todos los permisos e iniciar la construcción. Te daré esos tres meses. Tu labor será convencerme de que esta no es una idea rentable y encontrar una alternativa. Si lo haces, tú y el estudio saldrán ganando —se paró y se recargó en el escritorio—. Pero hay una condición.

La alarma de advertencia volvió a sonar. Ella se irguió y levantó la barbilla.

—¿Y cuál es, señor Montalvo?

—Lecciones de baile. Privadas y en grupo durante este período de tres meses de gracia.

—Veré qué puede hacer mi tía.

—Ella no tendrá que contribuir más que con el estudio. Quiero que tú me enseñes, preciosa. Personalmente.

Se le hizo un nudo en la garganta.

—Ésa no me parece una buena idea.

—Piénsalo, Julia. Las lecciones de baile durante tus tres meses de gracia podrían ser tu mejor oportunidad de convencerme, aunque lo dudo. Me parece una estupenda propuesta. ¿Qué les parece, caballeros?

—Un trato excelente —dijo Chase con la boca llena de su segundo pan.

Francisco caminó hacia Julia, con la incertidumbre reflejada en los ojos.

—No tienes que acceder a nada, Julia —deslizó su mano familiar sobre la de ella.

—Te equivocas, Cisco. Estoy entre la espada y la pared. Definitivamente tengo que acceder a esto, lo quiera o no —le arrancó su mano.

Él asintió, se enderezó la corbata e irguió los hombros.

—Nunca quise... lo siento. Te veré el sábado.

Ella lo miró con la mente en blanco.

—Le prometí a tu tía que sería tu pareja para demostrar el nuevo paso de salsa.

—Ah, y no podemos permitir que rompas promesas que le hiciste a mi tía, ¿verdad? —ella misma se sorprendió ante lo áspero y seco de su tono, así como del dolor en el rostro de él.

Aún no habían visto nada.

—Bien. Por mi tía, lo que sea. ¿Cisco? —esperó hasta tenerlo frente a frente—. Voy a reunir al barrio para que asistan a la reunión del consejo. Protestaremos contra el desarrollo de la zona.

—Así sea —se alejó tensamente de ella antes de que pudiera decir algo más.

—Buen día, caballero.

A pesar de su postura tiesa, se deslizó suavemente por la puerta. Tenía esa misma elegancia natural sobre la pista de baile, la pista de baile de su tía.

—Quiero que mis lecciones comiencen el sábado —el ceño de Ricardo se había fruncido nuevamente mientras miraba a Francisco abandonar la habitación.

—Tengo planes, como ya sabrás.

Él le ponía los nervios de punta al decirle qué hacer, cuando a ella le gustaba controlar su propio horario hasta el más mínimo detalle. Si pasaba más tiempo del necesario cerca de él acabaría por quedarse sin dientes, de tanto rechinarlos. Guardó apresuradamente su cuaderno de notas en el portafolios.

—Estaré ahí antes de que comiences tu lección de grupo.

—¿Tengo alguna elección?

Se acarició la oscura barba. El silencio de la habitación estaba más denso que en un tribunal.

—No, no la tienes.

—Quiero esto por escrito.

—Eso ya te lo prometí. No tenemos que repetir nuestros acuerdos de caballeros. En resumen, tienes tres meses para comprobar fehacientemente por qué no debería seguir con mi plan ya establecido de tirar el estudio de tu tía. Si no puedes convencerme, aceptarás mi oferta de comprar el estudio, ya que la renta está por vencer de todas maneras.

—Bien —a Julia le zumbaban los oídos, y estaba segura de que en cualquier momento comenzaría a salir humo por sus orejas.

—Prepararemos los papeles de inmediato. Puedo pasártelos a dejar mañana, o puedes recogerlos aquí cuando te presentes a trabajar.

—¿Mañana? Tengo otros clientes, ¿sabes?

—Lo sé, y ahora yo soy uno de ellos. Creo, preciosa, que para comenzar lo mejor sería que vinieras dos horas diarias. Hay mucha tarea que hacer inicialmente, y no quiero sobrecargarte. No quiero que te agotes antes de tener oportunidad de terminar mi campaña.

—¿Cuándo iniciarás la construcción?

—Dentro de una semana.

Ella respiró hondo y se alisó la falda. Los negocios podía manejarlos; de Ricardo no estaba tan segura.

—¿Puedo llevarme los planos y bocetos? —miró su reloj, esperando tener tiempo suficiente para llegar con su abuelo antes de que decidiera rechazar su oferta de llevarlo al doctor.

—¿Tienes otra cita? —Ricardo acomodó y enrolló los planos con sumo cuidado.

—Sí. Mi abuelo necesita... —cerró la boca. No lo dejaría ver sus puntos vulnerables—. Sí, tengo otra cita.

—Gracias por venir, Julia. Sé que no fue sencillo.

Ella esperó un sarcasmo que nunca llegó, y se tragó el nudo que tenía en la garganta.

—Gracias por aceptar mi oferta. No te arrepentirás.

Recogió los planos, se despidió de Chase y salió por la puerta.

Capítulo Cinco

Al siguiente día, de regreso en la oficina de Ricardo, Julia estudió los planos de Ricardo y él la estudió a ella. Su cabello era brillante y suave, y tenía el color de las castañas navideñas. Sus dedos ansiaban tocarlo y acomodarlo detrás de su oreja para poder mirar mejor su largo cuello blanco. Algunos mechones caían suavemente sobre su mejilla y no le permitían ver sus oscuros ojos.

Eso estaba bien. En estos días ella lo miraba con veneno, aunque su voz lograba seguir dulce y provocadora.

—¿Así que es rescatable? —él quería escuchar sus inconvenientes y ver cómo trabajaba su mente. Quería una conversación sencilla que les facilitara su trabajo como colegas. Diablos, todo lo que quería era una segunda oportunidad para probar su decencia.

Levantó la mirada como si se hubiera olvidado de su presencia.

—No seas condescendiente, Montalvo. Sabes perfectamente que sólo necesitas un ángulo local, algo que haga de estos restaurantes algo único en San Diego. Mi intención es proporcionarte ese ángulo.

—Estoy seguro de que harás un gran trabajo. No me preocupa.

Ella jugueteó con su pluma mientras una mirada perdida invadía sus ojos.

—Basándome en lo que he visto, tienes un gran producto —se colocó la pluma en el bolsillo superior del saco. Era de un azul rey que hacía resaltar el color de su cabello.

—Bajo otras circunstancias, estaría feliz por ti.

—Me diste tu palabra de que me darías el cien por cien de tu esfuerzo.

No podía quitarle los ojos de los labios, el suave color durazno parecía invitarlo.

—Lo haré —se encogió de hombros—. Te darás cuenta de que estoy haciendo esto por ti.

—Lo sé —dijo en voz baja—. De cualquier forma estoy confiando en que lo hagas funcionar como sea. Entre más rápido logremos despegar esto, más pronto estaré fuera de tu vida, de una u otra manera.

Julia se acercó a la ventana y recargó en ella la frente. Él trató de ver el estudio como ella lo veía. Parecía pequeño y vulnerable al lado de los enormes camiones de concreto que se encontraban más allá. La compañía de construcción estaba trabajando horas extra para terminar los cimientos de su restaurante.

Se paró detrás de Julia, con un fuerte deseo de envolver sus brazos alrededor de su delgado cuerpo y decirle que todo estaría bien. Sabía por experiencias pasadas que el hormigueo en su estómago le indicaba otra cosa. Se esforzó por decir lo correcto.

—Por lo que vale, yo también desearía que las circunstancias fuesen distintas.

Ella se alejó de la ventana y lo miró durante un largo rato, casi sin pestañear. Él deseaba sumergirse en su mirada, pero se dio cuenta de que probablemente no tenía alternativa. Los oscuros ojos cafés lo penetraron.

Segundo a segundo, Julia parecía estar quitándole capas hasta que sintió que había llegado demasiado lejos. Recargó su peso en la otra pierna, incómodo ante su escrutinio, temeroso por la compasión en los ojos de ella mientras examinaban su rostro en busca de respuestas.

Él no podía darle las explicaciones que sabía que quería oír. Ella se retiró y rompió el contacto visual.

—Sí, bueno, los deseos son algo sobrevaluado, ¿no crees?

Él asintió. No entendía de qué diablos le estaba hablando, pero no quería que ella se fuera.

—Desde que entraste al estudio de mi tía nunca deseé o recé tanto por algo como deseé que tú te fueras y nos dejaras en paz —ella lanzó un suspiro.

—Bajo otras circunstancias... —abrió la puerta.

—No llegues tarde a la clase de baile.

Cuando ella cerró la puerta él soltó un profundo suspiro. De ningún modo se volvería a dejar intimidar por ella. No era ningún tonto, nunca lo había sido y nunca lo sería, pero ella ya le había hecho ver una fantasía.

En los negocios no había cabida para las emociones.

El se asomó por la ventana y observó cómo Julia atravesaba la calle con paso confiado.

—*No hay cabida para las emociones* —repitió.

Se rió en voz alta, una reacción nerviosa a sus repentinas reflexiones.

Julia *era* emoción pura. Ya había logrado extraerle algo, algo que no debía estar en la mesa de negociaciones. Si no tenía cuidado, su lema quedaría destrozado sin remedio.

Ricardo había trabajado demasiado y durante demasiado tiempo para lograr su posición en la vida. Un pequeño detalle como Julia no lograría cambiar nada sólo con agregarle emoción a la olla en ebullición.

Julia casi había bajado la guardia ante Montalvo. No volvería a suceder.

En la pista de baile, Ricardo era sensacional. Su cuerpo de superhéroe y sus enormes botas debían haberse resbalado en la pista o tropezado con sus pies. En lugar de ello, se movía con soltura, sincronizando estupendamente piernas y caderas. Apreciaba cada uno de los pasos que ella enseñaba y corregía.

Había un pequeño problema. La sostenía como si no hubiera mañana. Su palma descansaba en su espalda o, más bien se la calentaba. Julia miró al resto del grupo y reprimió el deseo de correr hacia ellos. Era más seguro estar en grupo.

—Te doy un dólar por tus pensamientos —Ricardo retrocedió para mirarla.

Ella se detuvo.

—¿Qué le pasó al pobre centavo?

—¿Aún los acuñan?

—Es lo que se usa en este barrio.

—Comienza a cansarme tu actitud de pobre mendiga y mártir, Julia. No trates de ser lo que no eres sólo para fastidiarme —le alzó la barbilla—. Además, hay formas mejores y más creativas de hacerlo.

Ella le aventó la mano, sorprendida por la sensación que la recorrió ante el contacto con sus dedos callosos.

—Ricardo, tenemos que resolver tu problema de autoestima.

—Después de resolver tu problema de modales.

—Mi, mi... —lo empujó.

Él la agarró antes de que pudiera dar un paso más.

—Contrólate, preciosa —le dijo, logrando sonreírle a pesar de sus dientes apretados—. Hicimos un trato. Ahora cumple con tu parte. Las clases de baile significan tiempo y dinero para el estudio. Esta clase no se ha acabado, ¿verdad?

La abrazó aún más fuerte, apretando su cuerpo contra él de ella.

Ella se quedó sin aliento. Cerró los ojos y respiró despacio; el aroma de su colonia Stetson se filtraba por su camiseta negra. Recordaba vagamente haber trabajado años antes en la cuenta de Stetson, pero nunca había olido así en ninguno de los modelos que había usado.

Ella soltó su mano de la de él y la colocó entre ellos, apoyándola firmemente en su pecho. Lo empujó controlando la sensación de pánico que la invadía.

sonrisa iluminaba la habitación. A él le gustaba par-
cularmente el sedoso vestido morado que llevaba. Era
uy corto y le favorecía las piernas.

Volteó a mirar al grupo de gente de edad avanzada
ue lo rodeaba riendo, tarareando y balanceándose.
as reuniones de su familia habían tenido una atmós-
ra similar hasta la muerte de la abuela dos años atrás.
esde entonces nadie había tenido la energía de se-
uir organizando los eventos para los casi cincuenta
iembros de la familia. Ni siquiera él había tomado la
iciativa. A la abuela le habría encantado este grupo, y
abría estado feliz si él hubiera continuado con las
euniones de su propia familia.

Incapaz de manejar su muerte y los problemas finan-
eros que habían tenido que enfrentar sus padres, é
abía huido. Los había decepcionado al dejar a los
owboys, el equipo de fútbol americano, y tenía que
mpensarlos de alguna manera.

El recuerdo aún lo hacía recular. Antes de que su ca
ra como mariscal de campo tuviera la oportunidad
despegar, había permitido que una pequeña lesión
bara con ella. Golpeado demasiadas veces, hasta su
mbro había cedido. Había tratado de compensar esa
üenza iniciando su cadena de restaurantes. No era
nismo, pero había aprovechado la oportunidad
tras su nombre aún era reconocido. Esperaba que
nte se acordara de quién era, de quién había sido,
enos por un corto tiempo.

Si no prestas atención, hijo, te haremos morder el

buelo de Julia estaba parado a su derecha. A Ri-
le había agradado el vivaracho anciano desde la
ra vez que Julia los presentó. Ahora sus ojos pe-
tes, como los de Lorenza y todos los demás en la
ión, lo intimidaban. A ellos no los convencería
labras dulces. Ellos ya habían ido y vuelto más
e las que podían recordar.

—Se acabará muy pronto si no me dejas respirar.
Sintió que él cedía levemente en su abrazo.
—Lo siento —masculló.
—Distancia apropiada y postura apropiada —le colocó una mano derecha temblorosa en su hombro y
dio otro medio paso hacia atrás hasta que su brazo estuvo casi totalmente estirado. Estoy segura, pensó, su
ritmo cardiaco disminuyendo finalmente. Levantó la
mano izquierda y esperó.

Ricardo guardó silencio por un largo rato, exami-
nando el rostro de Julia. Ella levantó un poco más la
barbilla y le sostuvo la mirada, ignorando la forma en
que sus piernas temblaban como gelatina bajo su mirada.

—Juegas rudo, Julita —dijo al fin, y deslizó suavemente la mano alrededor de la de ella—. Me gustaría
que pudiéramos disfrutar de las lecciones.

—Normalmente lo haríamos. Pero estos son negocios, y no hay cabida para las emociones en los negocios. ¿No es ese tu lema?

—Bien. Sí, señorita, ese es mi lema. Eso no cambia
el hecho de que se sienta estupendo tenerte en mis
brazos —volvió a apretar la mano contra su espalda. El
calor se volvió insoportable a través de su delgado vestido—. O de que tu cabello huela como agua de lluvia
o de que tu risa, lo poco que la he oído, suene como
una canción. Ya de por sí disfruto el tenerte así de
cerca, pero que Dios me ayude si alguna vez decides
ser amable conmigo.

Julia se quedó con la boca abierta. Le pisó el dedo
del pie, dando así el punto final a la clase de baile. Se
ruborizó y se avergonzó de su comportamiento, divi-
dida por la lealtad hacia su tía. Su tía, su abuelo, incluso sus padres habrían sido más educados con este
hombre, a pesar de las circunstancias.

Miró de reojo a Elvira, la imagen misma de la clase y
la dignidad, evidentes en su postura erguida y en el

trato que les prodigaba a cada uno de sus alumnos y amigos. Les sonrió cálidamente a ella y a Ricardo.

Lorenza saludó a Julia y volvió a hacerle una seña de aprobación. Julia alejó rápidamente la mirada. Lorenza, siempre romántica, estaba tan equivocada que ya ni siquiera tenía gracia.

Julia sólo estaba tratando de proteger a Elvira, de rescatar su negocio y preservar un refugio para la gente de edad avanzada que vivía cerca de ella.

Julia se miró los pies sin saber qué decirle a Ricardo. Finalmente reunió el coraje suficiente para mirarlo a los ojos.

—Me temo que mi actitud no va a cambiar muy pronto. Pero aprendes rápido. Me gustaría pensar que es gracias a mis lecciones, pero no te quitaré el mérito. Conoces bien lo básico, Ricardo. Puedes unirte al resto del grupo. Quizás ahí encontrarás la conversación estimulante que necesitas —se zafó de sus brazos y la sensación de frescura en su piel le resultó molesta a pesar de que afuera era una tarde cálida—. Ahora, si me disculpas, necesito un poco de aire.

Al rodear las sillas que estaban esparcidas en el camino a la puerta lateral se sintió como en una carrera de obstáculos sin fin.

—Señor Montalvo, acompáñenos por favor.

Julia pudo oír la voz de su tía. *¿Cómo podía hacerlo con tanta facilidad?*, se preguntó. Volvió a mirar a Ricardo.

El grupo lo estaba llamando. Volteó a mirarlos a ellos y después a Julia.

Se encogió de hombros y se acercó a los hombres y mujeres que lo esperaban.

Ricardo la vio marcharse. El hueco que sentía en la boca del estómago parecía un ser extraño que había invadido su cuerpo. Dios sabía que ya le había extraído hasta la última gota de sentido común del cerebro.

Unos dedos se agitaron frente a su rostro, y mullo de voces a su espalda se volvió más claro.

—¿Hola?

Miró a la diminuta mujer que tenía frente a é estaba agitando la mano para llamar su atención

—¿Estás sordo, muchacho? —le preguntó la que ya conocía como Lorenza.

Antes de que pudiera responder, ella volteó donde él estaba mirando. Alcanzó a disting pierna de Julia al salir de la habitación hacia e del exterior.

—No. No está sordo —dijo Lorenza—, sólo ci

—¿Disculpe, señora?

Volteó a mirarla. Ella le sonrió, distrayéndol corona de oro que tenía en la orilla de un Podía ver que estaba a punto de recibir una a ción, podía verlo en sus ojos, pero también en ellos humor y compasión.

—Ustedes son los jóvenes más tercos que l mucho tiempo —chasqueó la lengua—. Que cio. No dejes que los negocios te alejen desea tu corazón.

—Mi corazón no tiene nada que ver con —le dijo, aunque se volvió a agitar al v salón. Le extendió el brazo a Lorenza—. honor de ser mi pareja en la siguiente vue

—Claro, Ricardo. No soy una tonta, c sonas que conozco.

Elvira aplaudió.

—Muy bien, clase, preparémonos.

El grupo formó dos círculos, el inte por mujeres y los hombres parados ellas.

—Usaremos el paso básico para es biaremos de pareja después de unos

Julia tomó su lugar en el círcu como le fue posible. Era increíble

—Don Carlos, qué gusto verlo nuevamente.

—¿Ya estás entendiendo esto o aún extrañas el viejo paso doble?

—No hay nada como un buen paso doble veloz.

—Excepto, quizás, una mujer que pueda seguirte el paso —sus ojos traviesos se encontraron con los de Ricardo. Saludó a la mujer que estaba frente a ellos.

Ricardo se rió.

—Con Julia desquitarás tu dinero, hijo.

Ricardo dejó de reírse.

—Julia —dijo, midiendo cuidadosamente sus palabras—, es un hueso duro de roer. Dudo poder seguirle el paso.

—Así que la has observado mientras no están discutiendo.

—Es difícil de evitar —respondió sin poderse contener.

El brillo abandonó los ojos del anciano.

—Ojalá dejaras en paz el estudio, pero entiendo que son negocio. —se sobó el centro del pecho con los dedos nudosos—. Sabemos que al final harás lo correcto.

Como si se hubieran puesto de acuerdo de antemano, Elvira terminó de mostrar el paso y prendió la música. Un ritmo alegre llenó el aire. Batió las palmas al ritmo y gritó:

—¡A sus puestos... y vamos!

Escogió a Ricardo. Mortificado, fijó los ojos en los pies de los demás, tratando de contar al ritmo y esperando salir con los dedos ilesos. Adelante, rápido, rápido, lento. Deslizamiento hacia atrás. Rápido, rápido, lento.

Julia le había pasado por alto sus torpes intentos, pero si lastimaba a Elvira con un pisotón sería inevitable un ataque en masa. Se concentró tanto que su frente se llenó de sudor.

—Relájate, Ricardo —la voz de Elvira era dominante pero suave—. Deja que tus pies escuchen y después sigan la música. Confía en ti mismo —le golpeó el hombro—. Mira hacia arriba, a los ojos. Si no, ¿cómo harás que esa mujer especial se desvanezca cuando la tomes en tus brazos?

Elvira se alejó bailando y lo dejó parado solo con los brazos extendidos. Los fue bajando lentamente.

—¡Cambio de parejas! —ordenó.

Los hombres dieron un paso a la derecha para situarse ante otra mujer. Julia quedó frente a Ricardo.

—Así que nos volvemos a encontrar, preciosa.

Su corazón latía a un ritmo precipitado, pero no tenía que ver con la música. Quizás era el pronunciado escote en V el que provocaba ese golpeteo contra sus costillas.

Julia miró al techo. Él sentía ganas de tirarle del pelo para obtener alguna reacción vivaz de ella, pero no estaba seguro de que le gustaría la clase de atención que recibiría.

—Un dólar por tus pensamientos.

—¿Esto es un *déjà vu*? —ella estiró los brazos tanto como pudo para que su cuerpo estuviera lo más lejos posible del de él—. Espero que este sea un periodo corto.

Él la abrazó con más fuerza para alejar su mirada de la suave curva de sus grandes senos. Lo estaban volviendo loco.

—No muerdo, preciosa —sonrió—. Aún.

—Te equivocas. Ya nos hundiste los colmillos y dejaste una herida abierta.

Hubiera sido mejor una bofetada. Se le evaporó la sonrisa en el rostro ante el veneno de sus palabras.

—Julia, he puesto sobre la mesa una propuesta de negocios. Ni más, ni menos. Estás actuando como una niña caprichosa al borde de un berrinche, y no como la profesionista que conozco.

—Había olvidado lo mucho que sabes, Ricardo. Nos avergüenzas a todos por permitir que las emociones entren en nuestros negocios.

—Ya basta —la apretó contra su cuerpo, aunque la música se había detenido. Ya estaba harto de su insolencia. Había soportado en silencio sus faltas de respeto porque creía merecerlas. Pero no era así.

Su presión sanguínea pedía auxilio cuando estaba cerca de ella.

—He tratado de entender y darte alguna salida, y tú constantemente me lo echas en cara. Ahora mismo estás trabajando para mí y exijo algo de respeto mutuo.

Con el rabillo del ojo pudo percibir que Elvira rápidamente colocaba otro CD en el aparato para llenar el pesado silencio que oprimía la habitación. Rostros estupefactos con los ojos bien abiertos e interesados fijaron sus miradas en Julia y Ricardo, y después en el centro del escenario.

—¿Me vas a responder? —siseó, tratando de bajar la voz.

Julia se cruzó de brazos. Ignorándolo, miró por encima de su hombro y una sonrisa iluminó su rostro. Lo empujó a un lado.

—Con permiso.

Todos a su alrededor estaban con la boca abierta. Ricardo se quedó parado solo al centro del enorme e inmóvil círculo.

—¡Ricardo! —la voz de Lorenza lo despertó de su estupor. Ella señaló con la cabeza en la dirección de la dramática huida de Julia. Comenzó a hablar animadamente con un grupo de mujeres cercanas. El espectáculo había comenzado.

La música llenó la habitación de repente, pero no bastó para cambiar el ambiente. Todos parecían muñecos de cartón. Todos menos Julia parecían tener miedo de moverse. El ritmo de la música se fue acelerando mientras ella se acercaba a un inocente Francisco, parado en la puerta.

Francisco la miró y le sonrió, pero de inmediato asimiló lo que tenía a su alrededor y la atmósfera sombría.

—Hola, amigos —alzó la mano en un vacilante saludo. Sólo unas cuantas manos le devolvieron el saludo—. ¿Montalvo? —lo saludó con la cabeza. Su expresión de extrañeza parecía exigir una explicación que nunca llegó.

Julia volvió a mirar a Montalvo y después se acomodó en los brazos de Francisco. Las bocas del público cautivo se abrieron aún más.

Elvira dijo:

—Julia, mi amor, la clase.

Su voz preocupada se oyó sobre la música.

Julia le envió un beso y comenzó a moverse al ritmo de la música. Francisco no tuvo otra opción que seguirla.

Ricardo atravesó la habitación con unos cuantos pasos enormes, cada uno de los cuales provocó que los ojos de Francisco se abrieran un poco más. Le dio un golpecillo a Julia en el hombro.

Francisco dio un paso.

—Está ocupada, señor Montalvo.

—No se meta en esto, señor Valdez —gruñó Ricardo. Volteó a ver a Julia con una furia que ardía como un fuego incontrolable.

—Inaceptable, Julia. Necesitamos hablar. Ahora.

Ella miró la habitación llena de amigos y alumnos. Se alisó el vestido, el pecho jadeante.

—¡Tía, volveré en unos minutos!

Se echó para atrás el cabello al salir, como si hubiera sido su idea en primer lugar.

Ricardo volteó a mirar al silencioso grupo. Se quitó el sombrero y se inclinó levemente por la cintura.

—Si me disculpan. Los veré en unos momentos.

Se volvió a colocar el sombrero en la cabeza. Salió furioso del estudio, después de Julia.

Capítulo Seis

—Estás trabajando para mí, Julia.

Ricardo fijó la mirada en su barbilla levantada, en los labios rojos que habrían temblado de haber sabido la magnitud de su enojo.

—Cuando estemos en público, actuarás como si eso te agradara.

Ella se quedó totalmente quieta, rostro sereno, mirada enloquecedora.

—¿No vas a decir nada?

Golpeó el escritorio con su puño.

—Maldición, Julia. Deja de enfrentarme en esto. De todas las personas tú deberías entender que la imagen lo es todo para este negocio. Quiero que des una buena impresión de mis restaurantes frente a la clientela de tu tía. Si sigues saboteando mi trabajo, renegaré de mi parte del trato. Tu periodo de gracia de tres meses terminará en este mismo minuto si no me prometes toda tu cooperación.

Habían llegado hasta su oficina sin más incidentes, pero el daño estaba hecho.

—Tendrás toda mi cooperación —ella recogió su portafolios y se dirigió a la puerta. Volteó a mirarlo—. ¿Eso es todo, *jefe*?

El se pasó los dedos por el cabello, como si fuera a arrancárselo.

—No —se acercó cautelosamente a ella—. No tiene que ser así, Julia. Trabaja conmigo, por favor.

Estaba sorprendido del control en su propia voz,

cuando lo que quería era atravesar el puño en la pared.

Don Carlos le había pedido lo mismo. Lo estaba intentando, diablos. ¿No podía ella entenderlo?

—No —dijo ella en voz baja.

Haré lo que acordamos y nada más.

Sin pensarlo dos veces la jaló hacia él, lanzando al suelo el portafolio. Fuera de equilibrio, ella se aferró al frente de su camisa.

Él aferró con su otra mano la cabellera de Julia para evitar que moviera la cabeza. Se inclinó y plantó sus labios sobre los de ella con fuerza. Los ojos de ella se abrieron más de lo que él nunca había visto. No la soltó. Se negaba a soltarla. No quería soltarla.

Los labios de Julia eran increíblemente suaves. Su boca titilaba como si tuviera ahí sembrado un chile de los más picantes. Quería desviar su boca de esos labios para recorrer el cuello, la oreja, la mejilla, pero su sentido común entró en acción. Si sus labios abandonaban los de ella, ella se le escaparía, y él no estaba listo para dejarla ir.

Por un segundo pensó que era su imaginación, después estuvo seguro. Sus labios se abrieron levemente, como si estuviera tomando más aliento, se suavizaron aún más, y sus ojos se cerraron. Él suavizó el beso, ahogando los argumentos que lo habían reducido al nivel de un monstruo.

Ella le soltó la camisa, colocándole una mano detrás del cuello y jalándolo más cerca. Su otra mano le acarició la mejilla, le rozó la barba, el suave roce de sus dedos tan violento como cualquier explosivo.

Entre los dos emitieron un gemido. Él dejó que su mano abandonara su cabello para explorar su espalda. Cada centímetro de su cuerpo le quemaba la mano como si fueran llamas ardientes.

Ella se paró en las puntas de los pies y sus grandes senos se frotaron contra su pecho. Si ella no hubiera llevado puesto un saco, él habría perdido el sentido.

Él la apretó cerca, sin poderse acercar lo suficiente a esta mujer que había puesto su mundo de cabeza, arrastrando a su propia familia a presenciarlo. No le importaba.

En este momento él hasta se hubiera parado de cabeza por ellos, les hubiera prometido acciones de la cadena de restaurantes, hubiera organizado una fiesta como jamás habían visto en sus vidas. Mientras Julia permaneciera en sus brazos y mantuviera la boca cerrada por unos minutos, quizás el horrible monstruo que ella creía que él era podría desaparecer.

La habitación se volvió insoportablemente caliente. En el peor de los casos su ropa se le pegaría a las curvas del cuerpo y él tendría que ayudarla a quitárselas. En el mejor de los casos sus discusiones se derretirían en sus lenguas como trozos de hielo en un infernal día de verano en el sur de Texas.

Sus dedos le recorrieron el torso, sintiendo la orilla de sus grandes senos y ella contuvo la respiración, interrumpiendo el beso. Lo miró con deseo en sus ojos, de eso no había duda. No había forma de ocultar las reacciones de sus cuerpos traicioneros. Le acarició la mejilla con la mano, peinándole los cabellos que tenía ahí.

Ella cubrió esa mano con la suya.

—Julia, preciosa —murmuró, su voz apenas un silbido—. ¿Por qué te defiendes de mí?

Se le llenaron los ojos de lágrimas.

—Tú sabes por qué. No me lo vuelvas a preguntar.

—No sé qué decir.

No cuando su piel se sentía así, no cuando el cuerpo de Julia se amoldaba al suyo, no cuando sus labios se veían hinchados, no cuando estaba a punto de llorar.

Ella logró sonreír.

—Debe ser la primera vez —ella se llevó el dedo a los labios.

—Quizás deberíamos volver a nuestras posiciones para que no se te escapen las palabras dulces más de lo necesario.

—Tú las haces brotar de mi boca, Montalvo.

—Déjame encenderte de otra manera —se inclinó y acercó sus labios a los de ella. Eso era el paraíso.

En alguna parte de su cerebro escuchó una campana. Una corriente cálida de aire revoloteó alrededor de ellos, liberando algún aroma floral.

—¿Hueles eso? —murmuró en su oído, temiendo que sólo él pudiera percibirlo.

—Sí, son lilas.

—Bien —dijo, aliviado—. Tu perfume me gusta aún más —le olisqueó la oreja, el cuello, la mandíbula.

—No llevo ninguno.

Su voz se oía muy distante.

—¿Eres tú?

Estaba verdaderamente fascinado.

—Si pudiera embotellar eso haríamos una fortuna.

La volvió a besar.

—No. Prefiero morir pobre. No quiero compartirlo con nadie.

—Dicho como todo un empresario.

Se paró de puntas y lo besó. Definitivamente le llevaba una injusta ventaja.

¿Qué es un empresario? pensó.

Alguien tocó a la puerta cerrada que separaba las dos oficinas. Saltaron el uno de brazos del otro. Ricardo no recordaba haber cerrado esa puerta anteriormente.

Se abrió de par en par. Chase y Francisco estaban en la puerta.

Chase tenía en su rostro la sonrisa más tonta que hubiera visto Ricardo, Por su parte, el rostro de Francisco parecía estar a punto de quebrarse en mil pedazos, como una roca que cae de una montaña para estrellarse contra el suelo.

Ricardo se concentró en Chase. No podía mirar a Julia, no quería estropear la euforia confrontando a Francisco.

—¿Qué hay, Chase?

—Todos estamos esperando, cuate.

Julia recogió su portafolio.

—¿Todos?

Ricardo la volteó a ver y lo lamentó de inmediato. Julia definitivamente tenía la magia de Helena de Troya. Podía iniciar una guerra con ese rostro. Él podría perecer. Se pasó la mano contra sus labios punzantes.

Chase tomó un sorbo de lo que fuera que llevaba en el vaso desechable que llevaba en la mano. Se veía a Ricardo muy refrescante para su garganta seca.

—Familia, vecinos. Todos están ahí afuera. Vinieron directo de las clases de baile.

El rostro de Julia se empalideció.

—La reunión del consejo —miró su reloj—. ¿Por qué llegaron tan temprano?

—Por la invitación de Rick.

—¿Invitación? ¿A qué? ¿Estás tratando de comprarlos otra vez?

Una nube cubrió sus ojos. Había desaparecido la Julia que había tenido oportunidad de conocer. Sintió un hueco en el estómago.

—No se trata de soborno, preciosa. Vinieron por su propia voluntad. Nadie me hizo una fiesta de bienvenida al barrio, así que pensé que abriría mis puertas y permitiría que la gente viniera y no tuviera temor de hacerme preguntas. ¿Me olvidé de mencionártelo?

Ella lo empujó, sin más efecto que lanzar una corriente eléctrica por su pecho.

—Me parece que *convenientemente* olvidaste mencionarlo —sus labios volvieron a apretarse en un gesto de seriedad mientras pasó a su lado.

Ricardo le tocó el hombro.

—Creo que deberías refrescarte un poco antes de salir —le murmuró al oído—. Puedes usar mi baño.

Ella comenzó a decir algo, pero cerró la boca. Se pasó la mano por el cabello.

—Gracias.

Cuando hubo cerrado la puerta detrás de ella, Chase entró al ataque.

—¿Estaban trabajando en estrategias publicitarias intensivas para el restaurante? —caminó al escritorio y comenzó a pasarse el pisapapeles de una mano a la otra.

Francisco se recargó en la manija de la puerta como modelo posando para una foto de revista.

—Sabe, señor Montalvo, usted ya está pisando un terreno precario en este barrio. Yo no haría nada para empeorar las cosas.

—¿Disculpa?

—Julia es parte de la familia. Usted es un extraño. Yo tendría cuidado con la forma en que la trata a ella y a su familia si quiere algún tipo de apoyo por mi parte o por parte de la comunidad para su proyecto. Ya se ha agenciado una enemiga formidable, la misma Julia.

—Entonces también es una enemiga formidable para *usted,* señor Valdez. ¿O acaso ha olvidado cuánto invertí en su campaña cuando me ofreció su apoyo incondicional?

Francisco se enderezó la corbata y se encogió de hombros.

—No juegue conmigo, señor Montalvo. Yo puedo decidir su suerte en este barrio.

—Yo puedo decirle lo mismo a usted.

Ricardo se tronó los nudillos, una manera sencilla de distraer su energía negativa.

Aunque estaban a una buena distancia el uno del otro, Chase se colocó entre ellos.

—Esto no se trata de ustedes dos. Entre más rápido lo entiendan, más rápido tendrán el apoyo que ambos desean de la comunidad. Dudo que alguno de ustedes obtenga el apoyo de Julia a este paso.

Ricardo miró hacia la puerta cerrada del baño. ¿Qué tanto deseaba ese restaurante?

Julia salió por la puerta y los miró a cada uno de ellos, comenzando y terminando por Ricardo.

—Me perdí de algo importante, ¿verdad?

—Pregúntame lo que quieras, Julia —dijo Ricardo—, y te daré una respuesta.

—Bien. Te haré cumplir con tu palabra.

Pasó frente a todos y salió a la oficina de enfrente.

—¡Julia! —su nombre sonó más de cien veces.

Ricardo podía ver, incluso desde donde estaba, como ella se hundía en sus hombros como si le estuvieran lanzando pelotas de nieve. Dejó su portafolio y saludó.

—Hola, todos.

Ricardo estaba impresionado. No hay nada como verse en una situación inesperada y volverla a tu favor.

Ella volvió a la oficina de Ricardo.

—Toda mi familia está allá afuera —siseó—. Todo el barrio, todos. La habitación está a reventar.

—¿Hay alguien que no haya conocido?

—No te burles, Montalvo —volteó a ver a Chase—. ¿Cuánto tiempo llevan todos ustedes ahí?

—¿Veinte minutos?

—Oh, no —Julia se cubrió el rostro con las manos—. He estado relacionándome con el enemigo. Lo sabrán de inmediato.

—¿Sabrán qué, Julia? —preguntó Chase inocentemente.

Julia lo ignoró y comenzó a juguetear con la solapa de su saco.

Sus delgados dedos hipnotizaron a Ricardo. ¿Podía algo tan delicado ser a la vez tan letal?

Francisco miró molesto a Ricardo, aunque respondió al comentario de Julia.

—Sí. Estás en territorio enemigo sin un respaldo real.

—Tú también eres parte de esto, Cisco —dejó de juguetear, se puso las manos en las caderas y volteó a ver a Ricardo—. Sé que estás tratando de comprar el negocio, pero ¿podrías dejar de tratar de hacerte amigo de ellos? ¿Los estás usando para acercarte a mí? —paseó de un lado al otro—. No los arrastres a esto más de lo que ya lo has hecho, particularmente si vas a lastimarlos en el proceso para después dejarlos abandonados. No estarás aquí para ver las consecuencias de tus actos. Para entonces te habrás ido.

Se preguntó exactamente de quién estaba hablando Julia. Se preguntó si se estaba incluyendo a sí misma en el resto del clan. Decidió no seguir por ese rumbo.

—¿Crees que los estoy usando para acercarme a ti? Qué bien, preciosa. Tampoco tienes un problema de ego, ¿verdad? —sonrió.

—No es mi ego lo que me preocupa, Ricardo. Puedo manejar cualquier cosa que me presentes, pero mi familia no debería verse sujeta a tu despotismo sólo para que después les arranques el tapete de debajo de los pies cuando sea el momento indicado.

—Caray, preciosa, pensé que eso ya lo habíamos solucionado. ¿Acaso aún no confías en mí?

—No tengo razón para hacerlo. Ni siquiera me mencionaste algo tan simple pero importante como esta actividad.

—Julia, por Dios, si hay un letrero en la puerta. Dame una oportunidad.

—¿Lo hay? —ella pasó frente a ellos y ellos la siguieron. La multitud les abrió el paso.

Ella salió por la puerta principal y se volteó para mirar el edificio. La multitud la observaba en silencio. Ella regresó.

—Sí, hay un letrero. Lo siento. A veces saco conclusiones precipitadas.

—¿A veces?

Ella no entendió el sarcasmo, o decidió ignorarlo. Saludó a una pareja de buen aspecto.

—Mamá y papá, este es Ricardo Montalvo, dueño y fundador del restaurante Ricky's y, por el momento, uno de mis clientes.

—Oh, mi hija, si ya nos conocemos —su padre, también un hombre grande, estrechó con fuerza la mano de Ricardo.

—De hecho me ayudó a descargar el último envío y después preparó las mejores margaritas que he probado en mucho tiempo. Me recordaron las que yo solía preparar.

—Hay un ingrediente secreto de Texas que le da ese gusto especial.

Ricardo se meció en sus talones, al igual que el padre de Julia. Se dijeron algunas incoherencias y se rieron.

La sonrisa de satisfacción desapareció del rostro de Julia.

—¿Ya se conocen? —miró a Ricardo furiosa. ¿Por qué con él siempre se sentía como si se estuviera hundiendo en arenas movedizas?

Su madre sonrió, con un brillo en sus ojos color avellana. Estrechó la mano extendida de Ricardo, el contraste de su piel oscura con la piel clara de ella era hermoso a su manera.

—El otro día llegó con café y pan dulce, y nos visitó por un rato —dijo su madre.

—Claro que lo hizo.

—¿Estás bien, mi hija? No te ves muy bien —puso sus frescos dedos sobre la frente de Julia.

—Déjeme ver, doña María.

Ricardo deslizó su mano sobre la frente de Julia y después la bajó a su mejilla.

—También a mí me parece que está algo caliente.

—Dejen de hablar de mí en tercera persona —sonrió dulcemente—. Estoy bien, mamá. Es sólo que el

Señor Montalvo me hace hervir la sangre. Me temo que no es muy bueno para mi salud.

—A ti todos te hacen hervir la sangre, mi hija —su madre le dio unos golpecillos en la mejilla—. Tienes que relajarte saludó a la tía Elvira que estaba del otro lado de la habitación—. Trata de disfrutar de la fiesta, Julia.

La besó y se alejó. Su padre le dio un apretón en el hombro y a Ricardo una palmada en la espalda antes de ir tras ella.

Julia se inclinó de modo que sólo Ricardo pudiera oírla.

—Deja de entrometerte en nuestras vidas. No eres bienvenido —él la asustaba. Lo que la hacía sentir la asustaba aún más. No tenía nada que ver con fiestas o tácticas de negocios.

—No estoy de acuerdo, preciosa. Yo aquí me siento como en casa y haré todo lo posible por tratar de pertenecer y de hacerlos felices a todos, de paso. Es lo que mejor hago.

Ella lo miró fijamente.

—No estás ni cerca, Montalvo. Lo que mejor haces es desarraigar familias y tratar de entrometerte en ellas antes de golpearlas por la espalda y expropiarles sus negocios y comunidades. Fin de la historia.

Lo que a él mejor le salía era besarla tan increíblemente bien que la hacía perder el equilibrio. Hacía que su guerra pareciera fútil, la obligaba a preguntarse por qué estaban peleando en primer lugar. No podía perder de vista lo que tenía que hacer porque un pequeño beso había derretido la máscara helada detrás de la cual tanto se esforzaba por ocultarse.

Ella aplaudió.

—Gracias a todos por venir. Démosle una gran bienvenida al señor Montalvo.

Todos la siguieron, y aplaudieron y chiflaron en saludo.

—Gracias, señor Montalvo, por abrirnos hoy su oficina y ofrecernos estos maravillosos alimentos y la promesa de un rato agradable.

Otra serie de aplausos llenó la habitación. Todo el espacio posible estaba lleno de bandejas con botanas: nachos caseros, trozos de jícama y zanahorias para acompañar las salsas y cremas; enchiladas y tacos, arroz y frijoles, sangría y margaritas y bebidas sin alcohol en el muro del fondo.

—Asegúrense de que los conozca para que pueda relacionar a los negocios de la Ciudad Vieja con los rostros correspondientes, para que pueda ver que nuestros negocios son más que sólo tiendas. Ahora coman y disfruten. La reunión del consejo será dentro de una hora.

Volteó a mirar a Elvira.

—Tía, ¿podrías hacer lo que mejor haces?

Elvira asintió y después encendió el aparato de CD de Ricardo como si llevara años usándolo. Francisco se acomodó cerca de los padres de Julia.

Ricardo se acercó a él, preparado para borrarle el gesto de satisfacción de su rostro. Una mano se aferró a su antebrazo.

—No querrás hacer eso, hijo. Francisco es parte de la familia desde que estaba en pañales.

—Es peligroso —gruñó Ricardo.

—En realidad no lo es —dijo don Carlos—. Pero es muy protector y, al igual que Julia, es muy sentimental respecto a las cosas importantes. Eso a veces les nubla la vista.

—¿Aún está enamorado de Julia?

Ricardo notó la forma en que Francisco había mirado a Julia antes, y eso lo había trastornado.

—No lo dudaría.

—¿Y Julia sigue enamorada de él?

—No. No en la manera que tú piensas, pero deberías preguntárselo directamente a ella —don Carlos se sobó el pecho, con una sonrisa distante iluminando sus ojos.

—Podría haber cosas peores.

—¿Cómo qué?

—Como dejar que una oportunidad se te vaya de las manos como sedosos cabellos. O ver con los ojos y no con el corazón. O no entender que los negocios son una parte pequeña de la vida.

—Dígame, don Carlos. ¿Siempre es tan hábil para hacer a un lado a las personas que quieren ayudarla?

—Me temo que sí. Ella quiere ser la que presta ayuda, la que tiene todas las respuestas, la que nos protege a nosotros los mayores —le dio unos golpecillos en el hombro—. Pero debe entender que ceder un poco no es lo mismo que rendirse.

—Me temo que ahí es donde entro yo.

—Entonces cambia su modo de ver las cosas —don Carlos se alejó, meneando la cabeza—. Y estaría bien que la impresionaras en la reunión del consejo.

Ricardo le dio un gran trago a su bebida. Eso era más fácil en teoría que en la práctica.

El aire en la pequeña sala de reuniones del ayuntamiento se volvió sofocante. Ricardo y Julia estaban parados frente a los miembros del consejo, que se encontraban a una distancia mínima de los vecinos apelmazados en la primera fila de asientos.

Francisco golpeó con el mazo y ordenó iniciar la sesión. Las brillantes luces de las cámaras de televisión se dirigieron a él.

—Gracias por acudir a esta reunión improvisada —se enderezó y se aferró a los lados del podio—. Siempre me da gusto ver el apoyo y participación de esta comunidad. Como siempre, es un honor para mí representarlos.

La multitud aplaudió. Julia suspiró aliviada. Ella y

Francisco habían vivido ahí toda su vida. Este clan, como una familia, no permitiría que Ricardo Montalvo se introdujera al barrio y destruyera el estudio de su tía.

—Sólo tenemos un tema en la agenda. Simplemente le estamos dando la bienvenida oficial al nuevo hombre de negocios de la zona, a quien muchos de ustedes ya han tenido la oportunidad de conocer —se ajustó la corbata color vino tinto, que contrastaba con la camisa blanca y el traje azul marino—. Me gustaría entregarle el micrófono al señor Ricardo Montalvo para que pueda hablarnos un poco acerca de sí mismo y de sus planes.

Buena táctica, pensó Julia. Francisco retrocedió para dejar que Ricardo encarara la situación. Después de que Ricardo explicara sus intenciones, Francisco podría medir la reacción del público. Eso determinaría la manera de decirles que apoyaría el proyecto de Ricardo.

Ella quería creer que no llegarían hasta ese punto. Podía ver a la multitud levantada en armas, molesta por las suposiciones y la invasión de Ricardo. Lo correrían de la ciudad para rescatar a Elvira. Ricardo se sentó en el podio y tomó el micrófono de su percha.

—Me siento como en casa.

Julia miró hacia el techo. No había espacio para otro político en el barrio. Se sentía cómodo con el micrófono en la mano. Julia de pronto deseó que no le gustara además el *karaoke.*

—Voy a abrir un restaurante y pista de baile con tema deportivo justo entre el estudio de Elvira y el negocio de letreros pintados a mano —rodeó el podio y caminó hacia el atestado pasillo.

Unos suaves murmullos invadieron la habitación.

—No se alarmen, amigos. La hermosa señorita Julia Ríos generosamente ha aceptado ayudarme con una campaña publicitaria. El restaurante será una añadidura positiva al barrio, y los mantendremos al día respecto al proyecto. Son más que bienvenidos a visitarme en el sitio de construcción o en la oficina que está frente al negocio de Elvira con cualquier pregunta que quieran hacerme.

Estableció contacto visual con tantas personas en tantas filas como pudo. Si hubiera sido otra persona, Julia se habría sentido impresionada por su manera de manejar a la multitud.

—Quiero que quede claro que será inevitable que haya cambios en la comunidad, pero esperaremos tres meses para ver si podemos implementar entonces las sugerencias de Julia —saludó a Julia con el sombrero—. Si sus sugerencias son viables, el resto de la cuadra permanecerá intacta por el proyecto —se encaminó nuevamente al podio—. Mientras tanto, espero con ansias poder trabajar codo a codo con Julia —le guiñó el ojo—, y poder llegar a conocerlos a todos durante el verano. Ciudad Vieja me parece el mejor lugar para vivir y trabajar, y apenas puedo esperar a comenzar.

La multitud comenzó a aplaudir con vacilación, animándose cuando se les unió Francisco. Entonces se volvió atronador. Ricardo devolvió el micrófono a su lugar, saludó y volvió a sentarse al lado de Julia.

Julia estaba furiosa con los dos. Le habían tendido una trampa.

—Gracias, señor Montalvo.

Francisco habló con arrojo por el micrófono.

—Estoy seguro de que descubrirá que este es el mejor lugar de San Diego para su restaurante. Por favor llámeme o a cualquiera de nosotros si podemos serle de ayuda. Gracias a todos por venir hoy.

Lorenza se abrió camino hasta Ricardo y Julia.

—Será un placer tenerlo en el barrio. Siempre nos agrada tener novedades... digo... nuevos vecinos, claro. ¿Va a tomar más clases de baile?

Miró de reojo a Julia, tratando de parecer inocente y fracasando por completo.

—De hecho sí —abrazó a Julia como si fueran grandes amigos—. Julia se ofreció a enseñarme salsa durante el verano.

Julia se sacudió el brazo de encima.

—Hice un trato con el demonio —murmuró.

Ricardo se recargó y murmuró, su aliento cálido y suave en su oído.

—Será mejor que comiences a trabajar. El barrio depende de ti —buscó en el bolsillo de su pantalón y sacó una llave plateada en un llavero que decía "Amo a Texas"—. Mi oficina es tu oficina. Será un placer verte ahí diariamente.

Ella lo miró fijamente a los ojos.

—Va a ser un verano endemoniadamente largo.

Él lanzó su maravillosa y espesa carcajada y se alejó a paso lento, con los pantalones de mezclilla ajustados perfectamente a sus piernas y su firme trasero. Estrechó una gran cantidad de manos en el camino hacia la puerta. Las mujeres lo miraban con placer, los hombres le daban palmadas en la espalda y se reían de sus chistes.

Julia tragó saliva. Corrección. Iba a ser un verano endemoniadamente largo y muy, muy caluroso.

4 Novelas de Encanto absolutamente GRATIS

(con un valor de $23.96) —SIN obligación alguna de comprar más libros— ¡SIN compromiso alguno!

Descubra las Novelas de Encanto escritas por latinas… especialmente para latinas.

Si le gusta la pasión, la aventura, el misterio y el amor, no se pierda las Novelas de Encanto — editadas en español y en inglés para que pueda elegir su idioma preferido y compartirlas con sus amigas.

En cada novela, encontrará una heroína latina que sobrelleva todo tipo de dificultades para encontrar el amor verdadero… y hombres fuertes, viriles y apasionados, que no permiten que ningún obstáculo se interponga entre ellos y sus amadas.

> *Si le gustó esta Novela de Encanto y quisiera disfrutar nuevamente de la pasión, el romance y la aventura…aproveche esta oferta especial…*

> *If you enjoyed this Encanto Romance and want more of the same passion, romance and adventure delivered right to your door…*

4 Encanto Romances – Absolutely FREE! (a $23.96 value)

With **No** Obligation to Buy More Books—**No** Strings Attached!

Kensington Publishing brings you *Encanto Romances*, the only Contemporary Romance Novels written for Latinas. They're published in both Spanish and English so that you can read them in your language of choice and share them with your friends.

In each romantic novel you'll find beautiful, proud and independent Latina heroines who conquer all sorts of obstacles to find true love… and men—strong, virile and passionate — who will let nothing come between them and their true love.

Ahora, disfrute de 4 *Novelas de Encanto* ¡absolutamente GRATIS!...

...como una introducción al Club de Encanto. No hay compromiso alguno. No hay obligación alguna de comprar nada más. Solamente le pedimos que nos pague $1.50 para ayudar a cubrir los costos de manejo y envío postal.

Luego... ¡Ahorre el 25% del precio de portada!

Las socias del Club de Encanto ahorrán el 25% del precio de portada de $5.99. Cada dos meses, recibirá en su domicilio 4 Novelas de Encanto nuevas, tan pronto estén disponibles. Pagará solamente $17.95 por 4 novelas —¡un ahorro de más de $6.00!— (más una pequeña cantidad para cubrir los costos de manejo y envío).

¡Sin riesgo! Como socia preferida del club, tendrá 10 días de inspección GRATUITA de las novelas. Si no queda completamente satisfecha con algún envío, lo podrá devolver durante los 10 días de haberlo recibido y nosotros lo acreditaremo a su cuenta... SIN problemas ni preguntas al respecto.

¡Sin compromiso! Podrá cancelar la suscripción en cualquier momento sin perjuicio alguno. NO hay ninguna cantidad mínima de libros a comprar.

¡Su satisfacción está completamente garantizada!

Now, Enjoy 4 *Encanto Romances* Absolutely Free ... as an introduction to these fabulous novels

There is no obligation to purchase anything else. We only ask that you pay $1.50 to help defray some of the postage and handling costs. There are no strings attached.

Later...$AVE 25% Off the Publisher's Price!

Encanto Members save 25% off the publisher's price of $5.99. Every other month, you'll receive 4 brand-new Encanto Romances, as soon as they are available. You will pay only $17.95 for all 4 (plus a small shipping and handling charge). That's a savings of over $6.00!

Risk-free! These novels will be sent to you on a 10 day Free-trial basis. If you are not completely satisfied with any shipment, you may return it within 10 days for full credit. No questions asked.

No obligation! Encanto Members may cancel their subscription at any time without a penalty. There is no minimum number of books to buy.

Your Satisfaction Is Completely Guaranteed!

Send In This
FREE BOOK Certificate
Today to Receive Your
4 FREE Encanto Romances!

CLUB DE ENCANTO ROMANCES
Zebra Home Subscription Service, Inc.
P.O. Box 5214
Clifton NJ 07015-5214

Capítulo Siete

La música atrajo a Ricardo hacia el estudio, como durante las últimas semanas. No había sido tan productivo como lo exigía su agenda, pero había valido la pena.

Julia estaba en posición inicial con un jovencito muerto de pena. Todos los otros asientos estaban llenos de inquietos niños que calculó tendrían unos doce años. Se estaban burlando de la pobre víctima sin piedad.

—¡Música! —exclamó Julia. Una vez iniciada la música la clase guardó silencio y los miró con gran interés. Al moverse los pies del niño al fácil compás, miró a Julia con rostro orgulloso.

Ricardo aplaudió al final de la canción. Le agradó ver la sorpresa en el rostro de Julia. Entro complaciente a la habitación.

—¿Qué hay con los escuincles?

—¿Escuincles? —la palabra hizo eco en la habitación cargada de energía.

—Nuestro pro bono. Van a la escuela durante todo el año y se vuelve algo aburrido. Así que dos veces a la semana les damos clases después de la escuela a los alumnos de sexto grado, rotando a distintas escuelas de la zona.

—¿Sexto grado?

—Es una edad clave. Además, son el futuro de nuestra música. Queremos que aprendan a apreciarla, a amarla y a volverla parte de sus vidas mientras crecen —se frotó una mano contra la otra como si se estuviera limpiando migajas—. Tenemos suerte. Por ahora hay una nueva fiebre del baile dirigida a los niños.

Ricardo examinó cuidadosamente al grupo, frotándose la barba. Lo miraron en silencio, cautelosos y comportándose como típicos alumnos de sexto grado.

—¿Por qué sexto grado? —preguntó con el volumen suficiente para que oyeran cada palabra—. Sé por experiencia que los alumnos de sexto grado son irrespetuosos y es difícil enseñarles. ¿Ya saben bailar o sólo están aquí para no ir a clases?

—¡Oye! —se elevó un murmullo entre el grupo.

Julia los tranquilizó.

—Ricardo, estaban perfectamente bien hasta que llegaste de agitador. Pareces hacerlo bien, dejando destrucción a tu paso como un tornado.

La ignoró y volteó a ver al grupo.

—¿Es buena maestra? —señaló a Julia con su pulgar.

El grupo asintió con entusiasmo y después con más calma. Todos se inclinaron hacia adelante en sus asientos.

El se inclinó con aire conspirador.

—La señorita Ríos también es mi maestra.

Las expresiones de incredulidad llenaron la habitación.

—Señorita Ríos... uy, uy, uy.

Julia se ruborizó.

—Muchas gracias, Ricardo. ¿Pretendes iniciar un motín?

Él levantó las manos.

—¿Quién, yo?

Ella dio un paso hacia delante y le dio un golpecillo al niño en el hombro, indicándole que podía retirarse.

—Como el señor Montalvo es mi alumno avanzado y doña Elvira no pudo venir hoy, él nos ayudará durante la última media hora —le tomó la mano.

Se oyeron más burlas.

—Espera un minuto —Ricardo había caído en la trampa.

—Ahora párense todos y formen un círculo a nuestro alrededor. Volveremos a revisar el paso básico. De prisa, no perdamos tiempo.

—No estarás hablando en serio, preciosa.

Ricardo trató de zafarse. Ella lo sostuvo con firmeza.

—No sabes con quién estás tratando, cariño. Yo también puedo jugar este juego.

Pidió música y se paró en posición inicial frente a él. Ricardo la tomó renuentemente entre sus brazos, aumentando las burlas de los niños. Soltó las manos y les ordenó:

—Todos busquen una pareja. Si yo tengo que hacer esto, ustedes también.

Julia lo miró divertida.

—Vamos, vamos, ten paciencia con los niños.

Él miró hacia el suelo, respiró hondo y la tomó entre sus brazos. Eso se sentía bien.

—La paciencia es mi segundo nombre, preciosa.

—Ajá —volteó hacia los niños que los miraban estupefactos—. ¿Todos tienen parejas? Bien, primero obsérvenme a mí y al Señor Montalvo.

Comenzó la música y Ricardo la pisó. Los niños aullaron de risa. Ricardo no disfrutaba siendo el centro de atención.

Julia obviamente sí. Se rió con ellos.

Miró a su alrededor.

—Los niños te comen vivo.

Julia inclinó la cabeza, estudiándolo.

—Así que hay una forma de intimidarte —reinició el sedoso movimiento—. Mírame a los ojos, Ricardo. Confía en ti mismo.

—Sí, maestra.

Ricardo decidió darle una probada de su propia medicina. La miró profundamente a los ojos. Se ampliaron, cuando él no desvió la mirada. Su boca se abrió levemente, pero gracias a Dios permaneció cerrada. Y entonces ella se tropezó con él.

Los niños volvieron a aullar y Julia se ruborizó.

—Son crueles, ¿no? —deseaba pasar su boca por ese cuello y seguir la ruta ascendente de su rubor hasta su oreja, su sien, a través de su mejilla hasta sus labios tentadores. Soportaría a los niños tanto como pudiera y después los enviaría a comprar pan dulce para mantenerlos ocupados por un rato.

—La venganza te sienta bien, Ricardo —ella levantó la barbilla de esa forma enloquecedora y volteó a mirar a los niños.

—Ah, cariño, no era venganza lo que tenía en mente. —no le soltó la mano—. Deshagámonos de los niños, Julia —le murmuró al oído con palabras indistintas tras embriagarse con ella como si fuera un exquisito champagne.

—Mejor acostúmbrate a los niños —con fuerza zafó su mano de la de Ricardo—. Voy a contratar a un par de ellos para que me ayuden en la oficina.

—No puedes hacer eso.

—Claro que puedo.

No le gustaba la idea de tener bajo los píes a dos niños de doce años criticándolo constantemente, desafiantes por derecho propio. Ya para eso le bastaba con Julia. Lo último que quería era otro obstáculo entre ellos dos. Sólo quería llegar a conocerla mejor.

—¿Qué hay de la imagen de la que hablamos?

—Ellos mejorarán esa imagen. Necesitan aprender sobre los negocios. Tú necesitas aprender modales y paciencia. Yo necesito ayuda para poder cumplir con el periodo establecido. Te va a encantar mi trabajo y terminarás por dejar en paz a mi tía.

Ella le dio una palmada en el pecho. Si se asomaba dentro de su camisa, de seguro encontraría ahí la marca de su mano.

—Además —le dijo—, necesitas algo de intimidación de vez en cuando. Te hace bien.

Ella volteó a ver al grupo y llamó a una pareja a que se parara junto a ellos.

—Ahora el señor Montalvo bailará con Patricia mientras yo bailo con Javier.

Ricardo se volvió a quedar con la boca abierta. Esperen a que la tuviera en su propio territorio. Ahí dominaban los negocios, no los niños, y ciertamente no Julia. Aquí se sentía como la bruja mala del oeste que se derrite y se derrite.

Le echó un vistazo al curvilíneo cuerpo de Julia y tragó con fuerza. Debía admitir que en estos días se le estaba haciendo muy difícil resistir su calor y la amenaza de derretirse. Pero, cielo santo, le traía noches sin dormir con ataques de fantasías libres y apasionadas.

Quería seducirla sin distracciones. Quería recorrer su cálido cuerpo con las manos, moldeándolo como un escultor. Apreciando cada curva, cada suave centímetro de su cuerpo, cada movimiento de su agitada respiración, con las manos, los labios, con su calor, el cuerpo de ella terminaría por relajarse ante sus caricias hasta adaptarse perfectamente al suyo. Estiró el cuello de su camisa.

Se obligó a sí mismo a escuchar las instrucciones de Julia. Ella tenía capturada la atención de los niños. Estaba impresionado. Quizás los niños de sexto año no eran tan intimidantes como se decía. Aunque se veían igual de fascinados con ella que él. Por eso la escuchaban. Él se meció hacia atrás, disfrutando del espectáculo.

—No son los terrores que me temí que fueran.

—Tampoco tú. Eres humano, después de todo.

—No estés tan segura, preciosa. Sólo me atrapaste con las manos en la . . . con las defensas bajas.

Ella se le acercó velozmente. Él dejó de trabajar porque disfrutaba de verla moverse.

—Cuando no eres cruel eres muy agradable, Ricardo. Deberías intentarlo más seguido.

—No soy cruel, preciosa, sólo soy un estupendo hombre de negocios. Si te quitaras esa venda de los ojos me verías como soy y quizás eso hasta te gustaría.

—Te veo cambiar como Dr. Jekyll y Mr. Hyde y me pregunto cuál será el verdadero Ricardo.

—Soy todo eso, Julia. Lo bueno y lo malo, como cualquier persona.

Ella exhaló un suspiró y le sonrió.

—Gracias por ayudarme hoy. Lo tomaste bien. De seguro los niños pasarán varios días hablando de esto y serás famoso por un rato.

Él le tomó la mano y la jaló a sus brazos. Le dio un beso en la mejilla.

—Gracias. De hecho me lo pasé bien después de que dejaron de reírse de mí.

Se rió.

—Tienden a humillarlo a uno. Pero estuviste bien con ellos, y con tu baile. Es cuestión de confiar en ti mismo, Ricardo, y dejarte llevar por el ritmo —se alejó de sus brazos—. Nos veremos mañana. Tengo que ir a trabajar. Sólo me quedan unas semanas para entregar mi campaña de publicidad.

Llegó hasta la puerta lateral y levantó la mano en vacilante despedida.

—Cierras al salir.

Ricardo se llevó la mano al rostro e inhaló a Julia. Se la frotó contra el pecho, reconociendo su aroma y esperando que resurgiera en esos sueños inquietos.

Sus palabras le resonaron en los oídos mientras cerraba la puerta. Él perdía la confianza en sí mismo cuando estaba con ella, y no le agradaba esa sensación en lo absoluto. Él se había dejado llevar, sí, pero no por el ritmo que provenía del aparato de CD.

Julia mantuvo la respiración mientras Ricardo examinaba la presentación publicitaria preliminar que había preparado. ¿Por qué estaba tan preocupada por su opinión? Pero ella sabía la respuesta antes de haber formulado totalmente la pregunta. Se veía a sí misma en cada línea que había dibujado, en cada palabra que había manipulado para dar a entender el mensaje publicitario de la mejor manera posible.

Su trabajo era una extensión de ella misma; su creatividad fluyó y ella vertía un poco de su corazón y de su alma en el trabajo de cada cliente en el que creía. Incluido el trabajo de Montalvo.

Eso fue una revelación sorprendente para ella. Montalvo tenía un maravilloso producto. Si hubiera estado tratando de desarrollarlo en cualquier otro lugar de San Diego, lo hubiera apoyado sin reservas.

—Esto es de lo mejor que he visto, preciosa —esparció la media docena de láminas en su escritorio y separó la agenda detallada, con calendario y todo, para la campaña publicitaria—. ¿Dónde estuviste toda mi vida? —le preguntó sin mirar hacia arriba.

Ella se llevó la mano al cuello. La incertidumbre la inundó como el paradisíaco olor a rosas, lilas y geranios que impregnaba el aire que los rodeaba. Qué tonta, pensó al recobrar el sentido. Era una tontería pensar que se refería a algo más que su relación profesional.

—Bueno, Montalvo, una vez un hombre sabio dijo que lo que importa es el aquí y el ahora. Supongo que te gusta mi propuesta.

—Estoy extasiado, preciosa.

—Vaya. No te reprimas —rodeó el escritorio para mirar mejor sobre su hombro. Respiró hondo—. La campaña de anuncios ha sido un trabajo sencillo. Tienes un gran producto. Si esto te gusta espero que estés abierto a las alternativas en las que he estado trabajando para mantener intacto el estudio —se recargó hacia él y señaló una de las ilustraciones, sus senos presionando peligrosamente su brazo—. Las alternativas se desprenden de esto.

Al alejarse, sus senos rozaron el cálido y firme cuerpo de Ricardo, y la envolvió una ola de calor como una llama viva.

Él carraspeó.

—Si se parecen en algo a estas muestras de tu trabajo, estoy ansioso por verlas.

Se volteó y la miró fijamente. Sus rostros estaban a sólo unos centímetros de distancia. A un suspiro del paraíso. Ella podía oler su pasta de dientes mentolada, podía ver los pequeños remolinos de cabello en su barba, fácilmente podría haberse inclinado otro par de centímetros para besar su boca, una boca que había invocado dulces sueños durante las últimas noches inquietas.

Se dio la vuelta y se alejó unos pasos de él, temiendo que le leyera la mente y viera en sus ojos el deseo que ardía ahí desde ese primer beso.

—Lo siento. No quise tocarte así. Fue sólo un... un... —dejó de cavar más en el hoyo que ella sola había creado y se llevó las manos a la cadera—. Estás disfrutando esto, ¿no?

—Muchísimo —se enderezó y caminó deliberadamente hacia ella, la tomó de la mano y la jaló hacia él.

—En realidad esta no es muy buena idea, Ricardo.

¿Por qué, entonces, sus pies no hacían caso de sus palabras y salían corriendo por la puerta?

—¿De qué tienes miedo, Julia?

Salió un ruido gutural de su garganta.

—De nada —logró decir, y retrocedió un poco.

—Como quieras. Entonces responderé a tu comentario anterior.

—¿Cuál fue?

—No te reprimas.

Se dio la vuelta y encendió el aparato de CD. Subió el volumen a niveles ensordecedores permitiendo a Gloria cantar a todo pulmón su nueva música.

—¿Estás loco?

—Sólo por ti —sonrió ampliamente y le acarició la barbilla—. Tu trabajo, preciosa, tu trabajo. ¡Vamos a ganar!

Lanzó un grito estridente y lanzó su sombrero al

aire. Agarró a Julia y la levantó del suelo, bailando por toda la habitación y cargándola con facilidad, como si fuera más ligera que un balón de fútbol americano.

Ella se defendió por tan sólo unos segundos antes de ceder. Echó sus brazos alrededor de su cuello e inclinó su cabeza hacia atrás, llena de regocijo.

—¡Vamos en camino, nena! Tú, preciosa, eres la publicista más talentosa que he visto. Eres un ángel disfrazado —la posó en el suelo—. Un gran disfraz, debo añadir —la miró como midiéndola.

—No llegarás muy lejos adulándome, Montalvo. No a mí —sus palabras eran fuertes, si se consideraba que últimamente se le ablandaban las rodillas cada vez que Ricardo se acercaba lo suficiente como para poder abrazarla.

—Muy bien, cariño. Entonces celebremos.

Él quería hacer algo especial, alejarla de la seguridad de su oficina.

Ella se rió, un hermoso sonido acogedor que no escuchaba con la frecuencia que le gustaría. Quería pensar que ella ya se estaba sintiendo lo suficientemente cómoda a su alrededor para ser ella misma y dejar de estar a la defensiva. Miró la piel cremosa y los labios que sabía eran más suaves, más tiernos, de lo que debía ser legalmente permisible, y le tocó la mejilla.

—¿Montalvo? —se calmó y tronó sus dedos frente a su rostro—. Ya vuelve en ti.

—¿Acaso soy esclavista? Has estado trabajando demasiado duro.

—Amo mi trabajo. No eres esclavista, pero quiero que el trabajo quede bien hecho, Sin embargo la verdad es que mi única meta es salvar el estudio de mi tía. Eso me mantiene concentrada —cerró su portafolio.

—Aunque he llegado a disfrutar el trabajar contigo, nunca te olvides de una cosa: siempre defenderé a mi tía, a mis padres y a mi familia.

—Julia, yo... —¿cómo decirle que se había equivocado, al menos en la forma en que la había puesto contra la pared y había asustado a su familia? —Yo también he aprendido algo de ti, lo creas o no.

—¿Y te ha costado digerirlo? —bajó la mano de su mejilla y el calor se fue con ella.

Él tomó su mano y le acarició el dorso con el pulgar, sin querer alejarse aún de ese calor.

—Yo también haría cualquier cosa por proteger a mi familia.

Ella titubeó por tan sólo un segundo. Una mirada de duda entró en esos grandes ojos cafés que lo invitaban a recorrer nuevos territorios inexplorados.

—Sé que lo harías, Ricardo —dijo en voz baja.

El sólo pudo asentir.

—Entonces nos entendemos —reprimió el impulso de acariciarle el cabello, disfrutando la manera en que un mechó oscuro estaba cortado perfectamente para enmarcar la forma ovalada de su rostro.

—Déjame llevarte al restaurante que inició la idea de mi cadena. Eso quizás te dará una idea para la campaña publicitaria. Se come bien, también.

—¿Y en el camino me contarás la historia de tu vida?

—No. Quiero mantenerte despierta, es la única forma de apreciar las imágenes, los detalles, la magia del lugar. ¿Puedes estar lista en una hora?

—Por supuesto.

—Te recogeré entonces. Ponte algo cómodo y trae una muda de ropa. El camino es un tanto escabroso. Será una noche inolvidable.

—No espero menos de ti —agitó la cabeza y se dirigió a la puerta. Con la mano en la perilla, se dio la vuelta—. Sabes, no hay necesidad de... no importa. Estaré lista.

Ricardo emitió un gran suspiro, agradeciendo que se hubiera evitado otro enfrentamiento. Se sentó en el escritorio y comenzó a marcar el teléfono. Le había prometido algo especial y lo iba a cumplir.

Capítulo Ocho

Ricardo cambió a cuarta con brío. Con el Jeep negro descapotado, el increíble día de verano y Julia sentada a su lado con ese diminuto vestido, los recuerdos de Texas no tenían comparación con el aquí y el ahora.

Condujeron hacia el norte a lo largo de Harbor Drive, cerca del centro de San Diego, con el aire cálido azotándose en sus rostros, y disfrutando de los sitios que recorrían como si fueran una pareja de turistas. Acababan de pasar el puente Coronado, sus brillantes luces apenas cobrando vida. Ricardo podía ver dos portaaviones de la Marina anclados en la isla. Lo que no podía ver pero sabía que existía era una comunidad curiosa y tranquila, algo lujosa, que apenas toleraba la invasión de Coronado por parte de la Marina. Parecía pacífico desde esa distancia.

En la Marina flotaban toda clase de veleros atados a los muelles, las suaves olas proporcionando su propio tributo a la música. Sus desnudos mástiles se erguían contra la brillante puesta del sol. Había bastantes yates y lanchas, y sus lustrosos acabados reflejaban la luz del sol. Las personas corrían y patinaban a lo largo del embarcadero, solos o en parejas, con o sin perros, y se veían completamente satisfechos.

Julia volteó y le sonrió. Ricardo se vio tentado a extender el brazo y quitarle sus oscuros Ray-Ban. Últimamente le gustaba mucho su mirada.

Ella se inclinó hacia él y gritó:

—¿Falta mucho más?

Él miró hacia delante, el campo Lindbergh apareció a la vista, y cambió de carril. Había un restaurante tras otro a lo largo del paseo marítimo, y le habían contado que llegaban hasta Point Loma. Entendió que ella pensara que se dirigían a uno de ellos.

Ricardo negó con la cabeza y siguió la desviación hacia una ruta de entregas y servicio para el aeropuerto. Los llevó hacia un hangar vacío. Se estacionó en un espacio reservado y apagó el motor.

—¿Te espero aquí?

Julia se levantó los lentes, y una mirada de incertidumbre cubrió sus ojos.

—No, preciosa. Éste es el fin del camino.

Recogió la pequeña maleta de Julia y su propia mochila de la parte trasera del Jeep. Le abrió la puerta y la ayudó a bajar.

Ella tomó su mano y la apretó.

—Montalvo, ¿qué estás haciendo? —preguntó cautelosa—. Aquí adentro sólo hay una cafetería. Por favor no me digas que esa fue tu inspiración.

—Ten un poco más de confianza en mí, preciosa — dejó el equipaje en el suelo y se sobó el hombro sin soltar la mano de Julia.

—¿Estás bien? Yo puedo cargar mi maleta.

—Ahora sí me ofendes. Es sólo una vieja herida de guerra, ¿recuerdas? De mis tiempos en el campo de batalla del fútbol americano. Me molesta de vez en cuando.

—Y tú, Montalvo, te pones cursi cuando hablas de los viejos tiempos. ¿Podríamos posponer esta excursión? —ella miró a su alrededor como si estuviera buscando la salida de emergencia más cercana.

Él le dio el brazo y levantó el equipaje.

—Lo siento. Tu boleto es sólo de ida, y te prometo no volver a mencionar las viejas historias de guerra esta noche.

Ella retrocedió como si fuera una niña que están arrastrando hacia el dentista contra su voluntad.

—Espera. ¿Boleto de ida? No lo creo. No confío en ti.

—Eres inteligente —Ricardo se rió y le sostuvo la mirada—. ¿Qué te parece si hoy nos limitamos a pasarla bien y trabajamos después en eso de la confianza? Yo pensé que tenías sentido de la aventura.

Ella se enderezó de inmediato, y la sedosa y brillante tela anaranjada de su vestido se acomodó sobre su cuerpo como si fueran llamas y chispas ardientes.

—Eso me suena a desafío, y sabes que yo no rechazo un desafío. Sigue adelante, Montalvo.

Ricardo la miró larga y fijamente y ella le sostuvo la mirada. Fácilmente podía cambiar de opinión y llevarla a la seguridad de su hogar para después retornar a la soledad del suyo. *Ella te hará arder, Montalvo.*

Él se encogió de hombros. Ella lo había llevado hasta un punto sin retorno con su comentario sobre el desafío. Él no le temía a un poco de calor.

—Mi tipo de mujer.

Caminaron de la mano a través del hangar hasta la pista. Julia se paró en seco nuevamente.

—Montalvo.

A él no le agradó el tono de su voz.

—¿Preciosa?

—Esto no puede ser en serio —le soltó la mano y caminó lentamente hacia la escalera colocada junto a su *jet* Longhorn Lear.

Un hombre con traje de piloto le quitó las maletas a Ricardo.

—En quince minutos, señor. O cuando estén listos.

Ricardo le tocó la mejilla y la obligó a mirarlo.

—Julia, cariño, es sólo un avión. Se estaba empolvando y la única manera de llegar al restaurante sin tomarnos una semana de vacaciones es usando esto.

—¿Este *jet* es tuyo? —se le quebró la voz.

—Es uno de ellos —se le estaba acabando la paciencia. Se pasó la mano por el cabello. Sólo tenía el restaurante por una noche. Podía entender cómo se sentía la Cenicienta con su límite de media noche. Los detalles para el resto de la noche dependían de lograr que Julia subiera su hermoso trasero a bordo en menos de cinco minutos.

—Tenemos que seguir. Jerry dijo que estamos listos para despegar en quince minutos —la llevó por la escalera—. Créeme, se ve mejor por dentro.

Ella pareció salir de su trance.

—No te creo —logró emitir una pequeña risa nerviosa—. ¿Siempre lo haces todo así, a lo grande?

Se detuvieron justo afuera de la cabina.

—No pienso en términos de grande o pequeño, preciosa. Sólo pienso acerca de lo apropiado para la situación y a partir de ahí me lanzo.

—¿Y siempre te lanzas a todas las ciudades y pasas por encima de todo?

—No —apretó la mandíbula. Él no le había dado razón alguna para que creyera otra cosa, pero no permitiría que ella lo condujera a una discusión cuando lo único que deseaba era no discutir, al menos por esta noche. Se echó el sombrero hacia atrás para que ella pudiera ver la verdad en sus ojos.

—¿Siempre tienes que analizar a la gente y juzgar sus acciones sin conocer sus intenciones?

Una mirada de sorpresa pasó por el rostro de Julia, y después volteó a verse los pies.

—No —murmuró.

—Entonces dame una oportunidad, al menos esta noche, preciosa. No tengo intenciones ocultas. Sólo déjame mostrarte el restaurante y hacerte pasar un rato agradable. Es lo menos que puedo hacer. Te has partido el lomo por mí, cuando sé que hubieras preferido estar en cualquier lugar que no fuera mi oficina. Aprecio tu gentileza más de lo que crees.

Ella lo miró un momento más, parecía estar luchando con una profunda indecisión.

—Gracias por la invitación. Es un honor estar aquí —se dio la vuelta y entró al área de pasajeros.

Ricardo levantó la vista y pronunció un silencioso "gracias" antes de entrar tras ella.

¿Partirme el lomo? ¿Gentileza? ¿Qué se aplica a esta situación? Julia habría preferido estar en cualquier otro lado que no fuera el fino asiento al lado de Ricardo, esperando a que salieran de su boca las siguientes palabras terribles. Ella definitivamente estaba fuera de su elemento cerca de él y su elegante jet, y él no hacía las cosas más fáciles al perturbarla.

—Ajústate el cinturón, preciosa. Serviremos la champaña cuando Jerry nos dé luz verde.

Ella se ajustó el cinturón. Intentó desesperadamente mantenerse sentada en una posición erguida, pero su cuerpo se hundió en el fino cojín del asiento hasta que sintió deseos de subir los pies y pedir una champaña y, además, un buen libro. Suspiró.

Ricardo sonrió complacido.

—Así está mejor, preciosa.

El lento desfile de aviones que esperaban el despegue era todo un espectáculo visto desde donde estaban. Ricardo tenía la capacidad de sorprenderla hasta dejarla anonadada.

Ella volteó a mirar a Ricardo, que ya parecía estar a miles de kilómetros de distancia. Él le había dado algunas pruebas de su generosidad. El corazón de Julia podía ver su espíritu, pero su mente aún veía al magnate ambicioso que no daba cabida a las emociones en un trato de negocios. En lo que a él se refería, ella ya había atravesado esa línea.

Ella miró nuevamente por la ventanilla, convencida de que si seguía los rayos del sol poniente encontraría alguna respuesta para calmar su corazón turbulento. Se sintió maravillada por el increíble baño de naranjas y rosas del atardecer, una perfección que era aún más perfecta porque tenía a Ricardo sentado a su lado. Esa revelación la asustó más que la idea de volar, incluso en un *jet* así. Sólo son negocios, se repitió a sí misma, tratando de convencerse.

Julia sólo bebió una copa de champaña, pero aún así divulgó más información sobre sí misma de lo que debía. Cuando Ricardo respondió a una llamada a su teléfono celular, su profunda voz la arrulló hasta que se durmió sin soñar.

Él le sacudió el hombro.

—Oye, dormilona, ya llegamos.

—¿Tan pronto?

Se permitió un sensual estirón, hasta que se dio cuenta de que Ricardo la miraba con ojos traviesos. Ella bajó de inmediato los brazos.

—¿Disfrutas del espectáculo?

—Disfruto de ti, preciosa.

—¿De verdad? —ella permitió que su mirada examinara lentamente su cuerpo de las botas a la cabeza. En lugar de darle el aire despreocupado que había deseado mostrar, el deseo ardió con fuerza en todo su cuerpo, desequilibrándola—. Pues no deberías. Es de mala educación.

La risa franca de Ricardo rompió la tensión.

—¿Así que tú también lo sientes? No estoy ciego, preciosa. Puedo apreciar las cosas buenas de la vida y tú eres, por mucho, una de las mejores. Y así pienso tratarte. Disculpa.

Ella lo miró en silencio y con asombro. Era demasiado arrojado y soberbio para su propio bien. O el de ella. Prefirió no arriesgarse a hablar.

Él se levantó y sacó las maletas de detrás de los asientos.

—Espero que hayas descansado lo suficiente. Ese es

todo el descanso que obtendrás hasta mañana —la miró con fingida inocencia—. ¿Te gustaría refrescarte?

Ella se asomó por la pequeña ventanilla.

—¿Dónde estamos?

—Nueva York.

—¿Nueva York? ¡Debes estar bromeando!

Ella saltó en su asiento y se volvió a asomar por la ventanilla. La oscuridad y las luces centelleantes no revelaban nada.

—Esto es increíble. Me han secuestrado.

—Prefiero pensar que te robé.

El bajó las maletas y caminó hacia ella. Tomándole la mano, le dijo:

—Sólo quiero hacer algo agradable para ti. Trabajas duro, te preocupas por tu abuelo y tu tía, y la sonrisa que debería iluminar tu rostro no se aparece ahí lo suficiente. Pensé que un cambio de ritmo nos haría bien a ambos. Espero que puedas relajarte y divertirte.

Ella respiró hondo para calmar su agitado corazón. ¿Cuándo había sido la última vez en que a alguien le había importado su felicidad? ¿Cuándo le había importado a ella misma?

—Eso me gustaría mucho —dijo, y hablaba en serio.

—Entonces andando. Te perdiste la vista mientras llegábamos. Ahora tendrás que verla desde el auto.

—Entonces dame cinco minutos —la adrenalina le recorrió el cuerpo. ¿Era por las sorpresas desconocidas que aún le tendría preparadas Ricardo, o por la idea de pasar una noche a solas con él, lejos del trabajo y la familia? Decidió no meditarlo mucho. Estaba decidida a pasarlo bien.

Ya refrescada, salió del lujoso baño. Estaba decorado con madera de teca y latón, y los accesorios eran de lo mejor, así como las otras maravillas que había visto desperdigadas por el avión. Miró la puerta en la parte trasera, preguntándose qué podría haber detrás.

Él la sacó del avión y la llevó a una limosina como si fuera contra reloj.

—¿El ritmo de Nueva York te hace esto automáticamente, o se te ha hecho tarde para algo?

—No preguntes.

Ricardo se rió y se recargó en su asiento, pasando distraídamente el brazo sobre sus hombros.

Pasearon por Manhattan durante casi dos horas. Ricardo le señalaba los puntos de interés como guía de turistas con sus propios comentarios respecto a todo, desde la escultura del mundo frente al edificio de la Organización de las Naciones Unidas, hasta el piso ochenta y siete del Empire State.

—¡Esto debe ser Times Square! —a Julia se le olvidó tener cuidado, su alegría al estar cerca de Broadway con sus filas de teatro era demasiada como para que pudiera disimular—. Ricardo, gracias. Siempre soñé con ver Broadway. Ahora sé que volveré.

—Me encantaría volverte a traer si me lo permites. Sin negocios de por medio, lo prometo.

Se le hundió el corazón en el pecho. Ella no quería pensar en negocios. Ya no quería que Ricardo fuera su adversario. No quería pelearse por una propiedad que Ricardo debería haber sabido que no estaba en venta.

—Mira, preciosa —Ricardo bajó la voz y esperó hasta que ella volteó a mirarlo—, odio mencionarlo, pero es por eso que vinimos en primer lugar. Si ves el restaurante, quizás podrás entender más claramente de dónde vengo. Quiero ponerte todas las cartas sobre la mesa, algo así como desnudarme ante ti, si lo prefieres, y responder cualquier pregunta que puedas tener, pero no quiero hablar toda la noche de negocios.

Ella sintió su boca inesperadamente seca. Hablando de dobles sentidos. Lo que se imaginaba desnudo sobre la mesa no eran precisamente sus propuestas de negocios. Quizás fuera mejor prolongar el tema de los negocios todo lo posible.

—Cariño, no me importa hablar de negocios. Necesito terminar mi trabajo para ti para poder seguir adelante y para que tú puedas retroceder. Va a hacer falta más que un restaurante especial para convencerme de que lo que le estás haciendo a mi familia es la única solución para tu problema de estacionamiento. Estoy tratando de hacer a un lado las emociones, según tus instrucciones, pero ni siquiera entiendo tu lógica.

Él se quitó el sombrero y lo golpeó contra su rodilla.

—Dame una oportunidad, Julia. ¿Hacer a un lado las emociones? Hiciste todo lo contrario —el retiró su brazo de los hombros de Julia y se apretó las manos entre las rodillas—. Diablos, tú me haces sentir todas las cosas que no deberían interferir con un trato de negocios. ¿Te hace eso sentir mejor?

Ella se encogió de hombros.

—Un poco.

Bastante, pensó. *Este era un paso en la dirección correcta.* Lanzó un suspiro de alivio.

—Creo que esta vez estamos en igualdad de condiciones.

Él golpeó la ventana corrediza que los separaba del chofer.

—Texas, por favor.

La limosina se detuvo en la esquina de Broadway con la cuarenta y ocho. Ricardo se volvió a poner el sombrero. Le abrió la puerta del auto y le ofreció su brazo mientras paseaban en silencio por la calle. Estaba sorprendida ante su capacidad camaleónica. Él se veía igual de cómodo aquí que en San Diego, igual que en el avión, con las botas puestas o con un traje de mil dólares delineando su musculoso cuerpo. Ella desvió la mirada antes que seguir pensando en su cuerpo.

Julia respiró hondo, asimilando las luces y marquesinas, los enormes letreros de neón y las inusitadas formas de publicidad. Sabía, por sus lecturas, que en esta zona había miles y miles de tiendas, restaurantes y hoteles apiñados en un área de menos de dos kilómetros cuadrados. El aire se cargaba de electricidad mientras la gente caminaba apresuradamente a su alrededor con una energía que les aceleraba el paso.

Manhattan, uno de los lugares más poderosos e influyentes del mundo, debía ser un sueño hecho realidad para cualquier ejecutivo de publicidad. Sin embargo se imaginaba que la feroz competitividad rápidamente podía volverse agotadora. Le gustaba la idea de que algunos de sus clientes fueran de Nueva York y estuvieran completamente conformes con su trabajo. Estaba completamente conforme de trabajar en San Diego, un pueblo provinciano en comparación con Nueva York. Sin embargo aceptó que era agradable ir de visita.

Ella se atrevió a mirar de reojo el perfil de Ricardo y sostuvo el aliento. Su tosco atractivo y aire de seguridad la cargaba con su propia e innegable respuesta eléctrica hacia él. La ponía nerviosa saber cuántas veces, durante los últimos meses, le había tenido que ordenar a su corazón que se calmara cuando él entraba al estudio o se paraba a su lado mirando el trabajo por encima de su hombro.

Al saber que podía provocarle eso en un ambiente seguro, ella de repente entendió que quizás venir había sido un gran error.

Aquí, sola con él y sin trabajo que le ocupara las manos, ella podía imaginarlas recorriendo los amplios bordes de su pecho con movimientos lentos y sencillos, apreciando su fortaleza y su firmeza. En casa, cuando estaba entre sus brazos en la pista de baile, él la sostenía como si fuera algo más precioso que un manojo de gemas. A veces ese sentimiento la avasallaba.

Ella quería que esos brazos la cubrieran y olvidar el desagradable negocio pendiente que se abría entre ellos como algún abismo olvidado. Ella quería encontrar respuestas a las preguntas que cada día los atormentaban más.

Llegaron al restaurante justo a tiempo. "Texas, Texas, Restaurante y Cantina", decía el letrero. A su lado había otro letrero: "Cerrado, fiesta privada".

Él abrió la puerta.

—¿No leíste eso?

—¿Y a quién crees que se refiere? —abrió la puerta y la volvió a cerrar detrás de ellos.

—¿Rentaste todo un restaurante un viernes por la noche en Manhattan? —ella pronunció cada palabra con incredulidad.

—Sólo hasta la media noche —le dio el brazo y casi la arrastró—. Vamos, no tenemos mucho tiempo y quiero que lo veas todo. Me encanta este lugar.

El lugar era increíble. La decoración era una combinación ecléctica de lo contemporáneo y lo tradicional, cada objeto contando su colorida versión de la historia de Texas, así como de su condición actual.

—Mira a tu alrededor, preciosa. ¿Ves de dónde obtuve la idea para un restaurante con un tema en especial, y de esta magnitud?

—Ya lo creo.

Sobre el bar más largo que Julia había visto en su vida pendían los estereotípicos cuernos. Entre las filas de botellas, de al menos diez por fila, se asomaba un pequeño letrero al centro del bar donde había un armadillo disecado con aspecto iracundo. En una esquina del área de trabajo del cantinero estaban amontonados los vasos con forma de bota.

Un enorme candelabro pendía del techo increíblemente elevado. Sus suaves luces proyectaban sombras de confeti en el suelo y las paredes. En la esquina había un muro de ladrillo con un hogar. Decoraban las paredes ilustraciones del Álamo hechas por distintos pintores famosos, además de mapas de Texas de distinto tamaño.

Dos enormes abanicos de bronce giraban perezosamente, al ritmo de los clásicos lamentos melodiosos de
Dolly Parton, Merle Haggard y Willie Nelson que habían llenado el ambiente desde el momento en que
entraron al restaurante.

Por su parte Ricardo estaba escuchando un ritmo
propio, pensó Julia. Era contagiosa la emoción que lo
impulsaba a saltar de un sitio a otro mostrándole todo
como un niño que quiere compartir su colección favo-
rita de tarjetas de fútbol americano.

—Tu oferta de trabajar para mí fue lo mejor que
pudo sucederme, preciosa —se llevó las manos a los labios y las besó—. Con tu trabajo me has devuelto una
emoción que no había sentido desde la primera vez
que entré aquí y descubrí todas las posibilidades. Ojalá
las circunstancias del proyecto fueran distintas.

—Ricardo, espero que algún día me digas por qué
tienes que seguir este camino. Siempre hay alternativas. De igual manera, sé que tienes los recursos y ha-
brías podido cerrar nuestro negocio sin pensarlo dos
veces. Has sido un caballero respecto a esto al cumplir
con tu palabra y darnos tiempo. Eso significa mucho
para mí. Te convenceré de que busques otra alternativa, algo con lo que podamos vivir todos. No lo lamen-
tarás.

—Sigue hablando, preciosa. En este momento no
hay nada que deseo más que una alternativa.

Él sabía cómo sorprenderla de las maneras más ines-
peradas. Ella siempre parecía estar a la defensiva al
lado suyo, lista para poner sus barreras y hacerlo retroceder a golpes de cualquier raya que se atreviera a cruzar antes de que ella estuviese lista, pero sus sorpresas
le proporcionaban un bienvenido alivio.

—¿Qué tal si nos bebemos una bota y nos olvidamos
del trabajo por un rato?

—Suena peligroso.

—En realidad no.

La llevó a una mesa con un mantel blanco, luz de velas y brillantes cubiertos de plata. Las otras mesas eran más pequeñas y menos elegantes, con manteles a cuadros. La carta que estaba sobre la mesa tenía la fotografía de un vaso en forma de bota. La lista de ingredientes de las bebidas en bota parecía interminable.

—¿Puedo recomendarte La Rosa de San Antonio? Tiene tequila, ron y también algunos jugos de fruta y licores. Muy apropiado. Una rosa para otra rosa.

—¿Esperas que me beba eso y salga caminando de aquí?

Una mirada maliciosa iluminó sus ojos.

—Siempre puedo sacarte en brazos. Sería un placer.

—De eso estoy segura.

Se paró por un segundo para buscar algo en la silla que tenía detrás de él. Se inclinó y sacó una hermosa y perfecta rosa amarilla.

—Hablando de rosas... ésta es para ti, preciosa.

Su corazón palpitó con la fuerza que ya estaba acostumbrándose a sentir cuando lo tenía cerca.

—Cuando eres agradable, eres demasiado agradable, Ricardo —ella se inclinó sobre la mesa y cubrió la mano de Ricardo con la suya—. Deja de ser tan agradable.

La sorpresa que se asomó a su rostro volvió a ocultarse de inmediato tras una máscara de tranquilidad.

—Jamás.

Acarició el dorso de la mano de Julia con su pulgar. Ella sintió como si miles de plumas minúsculas le fueran disolviendo a caricias la tensión que sentía en cuerpo y mente, casi hipnotizándola. Esa tensión se vio rápidamente reemplazada por una sensación de calidez que le recorrió su cuerpo con una velocidad alarmante. Ella se mordió el labio inferior, y esperó.

Ricardo carraspeó.

—Baila conmigo. Te enseñaré un paso doble lento.

Ella comenzó a retirar la mano.

—No lo sé bailar.

—Déjame enseñarte. Lo entenderás rápido —se levantó y se inclinó, extendiéndole la mano. Linda Ronstadt estaba cantando suavemente una versión perturbadora de "Desperado".

Julia tomó la mano extendida de Ricardo.

—Esta música es tan lenta y triste. ¿Cómo pueden bailarla?

La apretó fuertemente contra sí, el movimiento deliberado de sus caderas era lento e insoportablemente sexy, y el cuerpo de Julia respondió.

—El baile lento tiene lo suyo.

Se inclinó hacia delante. Ella retuvo el aliento al sentir la pierna de Ricardo entre las suyas; un ardiente deseo la cubrió de inmediato.

Su voz se volvió áspera.

—Esta música no es triste si estás con la persona indicada, Julia. Escucha.

Ricardo cantó en voz baja sin perder un solo compás. Colocó las manos de ambos sobre su pecho, postura ya familiar. Ella le dio la vuelta a sus manos para que él también pudiera sentir el latido de su corazón.

Julia cerró los ojos y se inclinó contra él, entregándose, sus pies deslizándose ligeros. Ella lo olió, una selvática combinación de colonia Stetson con el incomparable aroma del mismo Ricardo. Ella podía sentir su áspera palma contra la suya, la presión de su gran mano en la espalda envió escalofríos por sus brazos al escucharlo cantar para ella, y sólo para ella.

Se movieron lentamente, creando su propia pequeña pista de baile, sin necesitar de mucho espacio para sus casi inmóviles cuerpos. Su canción flotaba alrededor de ella; los murmullos y las promesas acunaban esperanzas y deseos. Sus temores se disiparon muy, muy lentamente con las últimas notas de la triste guitarra.

—Será mejor que dejes que alguien te ame antes de que sea demasiado tarde.

Ricardo terminó la canción en perfecta coordinación con la inquietante voz de Linda. Se alejó de Julia por un momento, mirándola a los ojos con un deseo que ella sabía era simplemente el reflejo del suyo. Sus pies se dejaron de mover.

Volvió a cantar ese verso sin acompañamiento musical, acariciando su cabello con los labios.

—Será mejor que dejes que alguien te ame antes de que sea demasiado tarde.

A Julia le surgieron lágrimas de la nada. Retiró suavemente la mano de su hombro y le rodeó el cuello, aferrándose a él con todas sus fuerzas. Presionó el cuerpo de Julia contra el suyo, deseándolo hasta la locura.

Él había irrumpido en su familia. Había amenazado todas las cosas que ella defendía y en las que ella creía. La había estremecido hasta los huesos. Y ahora, contradiciendo toda lógica, se había enamorado de él.

—Shh. No creía ser tan mal cantante, preciosa. —su voz se quebró—. Se supone que estamos celebrando, ¿recuerdas?

—Esto no debía suceder, Ricardo. —los sollozos sacudieron su cuerpo hasta que los brazos de Ricardo la rodearon. La dejó llorar, dejó que se aferrara a él, la dejó soñar. Cuando se hubo calmado, le peinó el cabello hacia atrás y la besó con ternura.

—Vaya maestro que soy. ¿Quieres tratar de seguirme otra vez? Sus manos se deslizaron de su cintura y lentamente recorrió con ellas su trasero.

Ella negó con la cabeza.

—¿Por qué no me sigues tú a mí?

Se paró de puntas y le cubrió las mejillas con las manos. Le dio un beso largo y lento, y el aliento que se había mantenido tranquilo, se rehusó a permanecer así.

Él metió la mano al bolsillo y aventó un gran fajo de billetes en la mesa. La levantó con facilidad en sus brazos. Llevándola hacia la puerta interrumpió el beso sólo el tiempo suficiente para decir:

—Vámonos a casa.

Julia tomó la mano de Ricardo con facilidad, como si llevaran toda la vida haciéndolo. Miró por la ventanilla del *jet*, sorprendida por lo tranquilo del vuelo, lo silencioso de los motores, el solo hecho de estar ahí.

No podía detener el palpitar de sus labios. Sus besos en la limosina, camino al aeropuerto, se habían ido volviendo más apasionados a cada minuto.

Una voz en su cabeza no cesaba de repetirle a Julia que estaba cometiendo un grave error. No quería escucharla.

—¿Ya me puedo levantar?

—Claro —dijo Ricardo—. Ya es seguro.

Caminó de un lado a otro del pasillo, acercándose cada vez más a la puerta cerrada al final. Volvió a voltear la cabeza y sonrió.

Ricardo se interpuso en su camino.

—¿Qué te pasa? Actúas como petardo en un barril.

Trató de rodearla.

—Es que ya estoy más allá del agotamiento, supongo. No te escuché.

—No escucharías ni a un cohete despegar a tu lado. —la estrechó fuertemente—. Se me ocurren mejores maneras de liberar energía, o de encender la mecha... lo que prefieras.

—Eres *tan* sutil. ¿Comenzarías así?

Recorrió con manos inquietas su increíble pecho, sus hombros, y sus manos se curvearon por su espalda y se deslizaron hasta su trasero, para permanecer ahí.

Él gimió y eso la desarmó.

Desaparecieron todas sus dudas sobre ellos dos. Sorprendido ante su propio arrojo, esperó, con la respiración jadeante, el calor emanándole de los poros.

—Preciosa, yo, yo... ay, ay, ay.

—¿Tú? ¿Sin palabras?

Le acarició el trasero, disfrutando la sensación del movimiento circular de sus manos, y disfrutó también de la expresión en su rostro.

—Hay otras formas de decir las cosas.

Él abrió la puerta que estaba detrás de ella y la cerró después de entrar.

Sus ojos se ampliaron.

—¿Una cama?

—Ya llegaremos ahí, no te apresures.

—No me refería a eso.

—¿A qué te referías entonces?

No le dejó responder, cubriéndole la boca con la suya. La empujó contra la puerta apretando su cuerpo contra el de ella.

Él le subió un poco el vestido y recorrió lentamente sus muslos desnudos con manos tibias, acercándose peligrosamente a su ropa interior. Alejó las manos.

Julia gimió.

—No es justo. Definitivamente no es justo.

—Tú empezaste —la sostuvo por la cadera, dejó que sus manos le recorrieran el torso, los pulgares rozando los costados de sus senos, enloqueciéndola.

Le tomó la mano para detener su paseo y la colocó gentilmente sobre su seno.

—Vaya, vaya, señorita Julia. Es usted *tan* sutil.

—Todo tiene su momento y su lugar. Incluyendo la sutileza.

Las puntas de sus dedos rozaron su mano y siguieron el musculoso antebrazo hasta volver a su hombro. Se apretó contra él, atrapando su mano hasta que no tuvo a dónde más ir.

—¿Y tú no sabes entender una sugerencia?

—Ya lo creo, preciosa —le apretó firmemente el seno, rozando el pezón con su pulgar. La empujó suavemente hacia atrás hasta que estuvieron contra la puerta. Se inclinó y tomó el seno en su boca, el sedoso material era una pobre y triste armadura contra la exquisita tortura.

Le recorrió el cuello con la boca, tocó su oreja y halló sus labios.

—Déjame hacerte feliz, Julia.

Su respuesta quedó perdida en un beso. Sus labios se abrieron a un beso más profundo, hallando un ritmo que concordaba con el de sus caderas ondeantes.

Presionó su excitación contra ella. Las caderas de Julia se balancearon lentamente, creando su propia música hipnótica. Sus manos la recorrieron con más fuerza y deliberación sin que se le escapara ni un centímetro de su cuerpo. Finalmente las deslizó debajo de su vestido, ese último escudo protector, y la jaló hacia él. Sus dedos la encontraron, se deslizaron dentro de ella, la soltaron.

—¡Oh, Ricardo! —lo envolvió entre sus brazos. Su respiración se aceleró. Una caricia mágica bastó para dejarla sin aliento. Sus dedos experimentados (incansables, indómitos, intrépidos) la llevaron a la cúspide hasta que su cuerpo se tensó una y otra vez alrededor de ellos. Ella cerró los ojos y trató de tranquilizar sus miembros temblorosos. Su liberación fue lenta y total, dejando su cuerpo cálido y listo.

Ella recargó la cabeza hacia atrás y se cubrió los ojos con la mano.

—Oh, cariño, yo jamás, jamás...

Se le puso la mente en blanco.

—¿Julia sin habla? Vaya, vaya —rió Ricardo—. Preciosa, déjame intentar otra cosa para mantenerte en silencio un rato más.

—No va a funcionar.

Lo golpeó en el pecho y trató de zafarse de su abrazo.

—Puedo reconocer un desafío —le recorrió el

cuerpo con la mano desde el cuello hasta él y se detuvo. Ella no quería que se detuviera.

Su determinación no duró mucho tiempo. Ricardo le besó el cuello, sus labios calientes y húmedos, inflamando instantáneamente su deseo.

Sus manos le desabrocharon rápidamente la camisa, y se reprimió el impulso de arrancársela. Luchó con la hebilla de su cinturón y se dio por vencida. Le acarició el miembro excitado; se moría por tocarlo, por sentirlo dentro de ella.

—Diablos, Ricardo, ¿ esta es tu versión de un cinturón de castidad? Tienes demasiada ropa puesta. Ayúdame.

Él se rió y se apretó contra ella.

—Tus deseos son órdenes —se arrancó la camisa y la lanzó a sus pies.

Recargándose contra la puerta, ella lo miró extasiada. En menos de un minuto su glorioso cuerpo estaba desnudo y listo para ella. La levantó, sus manos sosteniéndola firmemente del trasero, besándola, cantándole, amándola como jamás la habían amado.

Ella envolvió sus piernas y brazos alrededor de su cuerpo, aún más lista para él.

Él la cargó a la cama y la colocó ahí con suavidad.

—Ahora *tú* traes demasiada ropa puesta.

Le quitó el vestido por la cabeza, le jaló la ropa interior y permitió que su mirada la recorriera, absorbiéndola centímetro a centímetro.

Ella tragó con fuerza. Ricardo paseó el dedo por su mejilla y a través de sus labios palpitantes. La besó con ternura y después posó su frente contra la de ella.

—Que Dios me ayude, Julia.

Ella se retiró; tenía necesidad de verlo. Vio la desesperación en sus ojos, que hacía eco a la suya propia. Buscó sus manos. La magia de su tacto la había hecho olvidarse de todo excepto el aquí y el ahora.

Y se había adueñado de su cuerpo y su corazón de un solo golpe fatal.

¿Y si esta fuera su única noche juntos? Se recargó y lo jaló a su lado. El deseo les fluía por las puntas de los dedos y hacía que sus cuerpos ardieran insoportablemente.

Ella estaba lista para él, siempre estaría lista para él. Murmuró, sin aliento:

—¿Tienes protección, Ricardo?

Él interrumpió el paseo de sus manos y la miró, divertido.

—Esperaba que lo preguntaras.

Un tono de advertencia emergió en la voz de Julia.

—Ricardo.

No podía ser tan inocente como aparentaba. Saltó de la cama y fue a un pequeño armario. Sacó una caja de cartón que parecía que podría contener una bola de boliche, y se la llevó en la palma de la mano. La colocó frente a ella.

Lo miró con extrañeza y después la abrió. Se rió, no pudo evitar reírse.

—¿Toda una caja? ¿Otra vez pensando en grande, Ricardo?

Él empujó la caja fuera de la cama y se recostó al lado de Julia, plantándole un gran beso en su boca abierta.

—No, preciosa, en lo que a ti se refiere sólo son grandes mis esperanzas.

Extendió el brazo y recogió uno de los condones que se habían salido de la caja. No volvieron a tocar tierra hasta que el *jet* aterrizó en casa.

Capítulo Nueve

Ricardo pateó el basurero de metal hasta el otro lado de la oficina. Golpeó la pared con un sonido estruendoso y sus contenidos se esparcieron como confeti por el suelo. Caminó desesperadamente hacia él, listo para lanzarlo otra vez. En lugar de ello se quedó ahí, parado, jadeando con fuerza. Y su mirada fue a dar al trabajo descartado de Julia. Recogió uno de los papeles arrugados y vio un dibujo de su restaurante rodeado no por asfalto, sino por pasto. Un puente lo unía con el estudio de su tía.

Diablos. Lo volvió a arrugar y lo tiró al suelo cerca de sus pies.

Ella no había respondido al teléfono, ni había abierto la puerta ante sus golpes incesantes en los dos días que siguieron a su regreso de Nueva York. Había aparecido en la clase de danza con nuevos alumnos: una joven pareja con sus tres hijos. Apenas lo había saludado con una inclinación de la cabeza y lo había dejado con Elvira.

Trató de seguirla al salir del estudio después de las clases, pero se vio rodeado por el clan que le hablaba con entusiasmo sobre la noche familiar. Para cuando llegó afuera, ella ya se había ido.

Se recargó en la pared y se deslizó hasta quedar sentado en el suelo. Él nunca dejaba que las emociones interfirieran con los negocios. Pero tampoco había planeado enamorarse de Julia.

La idea lo sobrecogió. Pensó que si le vertieran concreto encima centímetro a centímetro oprimiéndole el pecho hasta que no pudiera respirar, se sentiría igual.

Mal momento, mala situación, malos negocios. Golpeó la cabeza contra la pared. Se le voló el sombrero y cayó a sus pies. Esa mujer le había lanzado algún hechizo. Ahí estaba, repitiéndolo todo tres veces, como si eso pudiera ayudarle a aclarar su posición, o a entender cualquier cosa que tuviera relación con Julia.

Era cuestión de principios. Él no necesitaba de otro restaurante para no tener dudas de que su familia estaría protegida. Era lo lógico, a todas luces, ahora que había tomado todas las precauciones para que su familia estuviera cómoda de por vida, y siendo que él jamás se vería en el lugar de su padre, que de un solo golpe fatal perdió todos los ahorros de su vida, el trabajo, hogar y todo lo que importaba.

Todo lo que le importaba era Julia. Si lo seguía evitando no tendría la oportunidad de convencerla de que le diera una oportunidad más allá del salón de conferencias. Extendió el dibujo entre los pies y trató de aplanar las arrugas. La falta de luz no influyó en su opinión de la obra. El dibujo era hermoso, era único y, ciertamente, era posible.

Alguien llamó a la puerta.

—¡Váyanse! —no estaba de humor para visitas.

—Rick, ¡soy Chase!

—Entonces de verdad será mejor que te vayas. No me hago responsable de cualquier daño a tu integridad física.

Chase se asomó por la puerta.

—Ya soy un niño grande, y puedo manejarte sin problemas aún en mis peores días.

Encendió la luz antes de entrar.

Ricardo lo miró furioso, demasiado consciente de la imagen que proyectaba ante su amigo: Ricardo en el suelo con el bote de basura a su lado y los papeles dispersos a su alrededor. Un empresario en su mejor momento.

Chase dejó a un lado una bolsa de comida rápida. El fuerte aroma del ajo surcó el espacio y el estómago de Ricardo gruñó. Chase entró a la oficina y salió con la gran nevera llena de refrescos.

—¿Quieres hablar sobre ello?

Dejó la nevera cerca de los pies de Ricardo y se sentó en ella. Crujió en protesta, como el inicio de una avalancha.

Ricardo meneó la cabeza.

—No.

Apretó aún más los puños.

—¿Se trata de Julia?

La sola mención de su nombre le hizo hervir nuevamente la sangre. No podía controlar la forma en que se desarmaba cuando ella estaba cerca.

—¿Qué te hace pensar eso? —levantó un puñado de papeles del suelo y los echó en el basurero.

—¿Adiviné?

Chase se encogió de hombros cuando Ricardo no le devolvió la sonrisa. Recogió el papel que estaba entre los pies de Ricardo.

—Es trabajo de Julia, Bastante bueno. Una gran alternativa, si decidieras dejar intacto el estudio.

—No hay alternativas. Quiero ese estacionamiento.

—Tienes razón. Tú eres el jefe y todo está escrito en piedra —Chase se golpeó los muslos con las manos y se paró—. Será mejor que nos vayamos.

Ricardo miró el músculo tenso en la mandíbula de Chase, el gesto serio de su rostro, la postura rígida. Definitivamente una avalancha estaba por arrasar con todo.

—¿Adónde vamos? —gruñó.

—A la noche familiar en el estudio de baile.

—No puedo hacerlo.

—Oh sí, claro que puedes. Ya les dijimos que irías. A

menos que te mate en este momento no tienes excusa para faltar. Necesitas bajarte de tu nube, cruzar la calle y portarte como un hombre —puso su mano ante el rostro de Ricardo.

Ricardo la tomó y Chase lo ayudó a ponerse de pie.

—Dame un par de minutos.

—Seguro. ¿Me prestas tu sombrero esta noche?

—Ese no —miró a lo que solía ser un inmaculado sombrero blanco, ahora de un tono grisáceo. Al verlo de cerca se notaba el borde gastado y las marcas de sus dedos donde siempre lo tocaba.

—Hay otro en el armario.

Cerró la puerta del baño detrás de sí y llenó un gran recipiente de plástico con el agua corriente. Se inclinó sobre el fregadero y se vació el agua sobre la cabeza. No era el mejor sustituto, pero tendría que bastar. Necesitaba saltar en un lago de agua helada para eliminar los pensamientos indeseables sobre Julia de su cabeza y volver a controlar su cuerpo.

Dejó que el agua goteara de las puntas de su cabello y por su rostro. Miró su terrible aspecto en el espejo. Arrancó la toalla del toallero y se la frotó en la cara con fuerza. Hoy se mantendría alejado de Julia, pero eso le trajo a la cabeza otra terrible idea. Lorenza lo molestaría y le pediría detalles. Quizás Chase aceptaría como su deber frenar esa locomotora para salvarlo. O quizás estaría feliz de echar a Ricardo a la boca del lobo después de la forma en que había estado actuando últimamente.

Enrollando las mangas de su camisa de algodón, salió a unirse a Chase.

—Gracias por la patada en el trasero. Me hacía falta.

—Claro que sí. De nada. ¿Estás listo para irte?

—En un minuto —caminó hacia el escritorio y estudió tan objetivamente como pudo el dibujo de Julia—. ¿Qué tan posible sería usar algo así en lugar de lo que tenemos?

Chase examinó el dibujo.

—Es mucho mejor que poner el estacionamiento, Rick. Los cambios que Julia muestra aquí ni siquiera afectarían la estructura. Estarían más de acuerdo con el flujo de la Ciudad Vieja, realzando su importancia como sitio histórico. Ella ciertamente conoce la zona y su potencial, y tiene un buen ojo para trabajar *a favor* del diseño y no en contra.

Ricardo golpeó el escritorio nerviosamente con los dedos. Se veía demasiado prometedor, al igual que ella hace unas noches.

—No lo sé. Necesito el estacionamiento. Eso atrae clientela, pues sabes que hay muy pocos buenos lugares para estacionarse en la Ciudad Vieja.

Chase pasó una mano sobre el papel, aparentemente ignorándolo.

—Los caminos empedrados son un gran detalle; dirigen a la gente de cualquier punto de la Ciudad Vieja directamente hasta la puerta del restaurante. Un *valet parking* podría ser la respuesta que dejara a todos satisfechos.

Ricardo fácilmente podía ofrecer un servicio de *valet* de primera y llevar esos autos a cuatro kilómetros de distancia, de ser necesario. Ese no era realmente el punto. Había alternativas. Aceptar las ideas de Julia no tenía por qué ser señal de que estuviera cediendo, ni una muestra de debilidad.

De hecho, en teoría su pista de baile podría trabajar conjuntamente con el estudio, y se les podría ofrecer a los alumnos un descuento en la tarifa de entrada. Podía financiar concursos o enviarle a Elvira alumnos potenciales. Podía impresionar a Julia como lo había hecho ya una vez.

Una mirada de preocupación atravesó el rostro de Chase.

—Julia invirtió demasiadas emociones en este proyecto y tú no le dedicas las suficientes. Debe haber algún punto medio entre ustedes dos.

En lo que a Rick se refería, el punto medio eran arenas movedizas. Diablos, cualquier cosa que tuviera alguna relación con Julia le movía el piso. No estaba preparado para algo de esa magnitud.

—Este *es* el punto medio.

Ella consideraba que su noche juntos había sido un error. La única vez que se abrió a ella resultó contraproducente. Lo había debilitado. Pero ya no más.

Apretó la mandíbula.

—No voy a ceder, Chase. Un estacionamiento es algo tangible con lo que puedo contar, y sé que mejorará mi negocio. Todo lo demás son tonterías.

Eso incluía sus oportunidades con Julia. Había cometido un gran error al suponer otra cosa, y eso no volvería a suceder.

Tiró los planos de Julia al suelo.

—Procederemos con los planes originales y después volveré a Texas.

Chase recogió los planos del suelo tranquilamente y los volvió a colocar en el escritorio.

—¿De regreso a Texas? No puedes huir de Julia.

—No estoy huyendo, ni de ella ni de nadie. Le he dedicado demasiado tiempo y esfuerzo a San Diego. Es hora de planear la siguiente cadena de restaurantes.

Eso lo mantendría ocupado. San Diego se desvanecería en una de sus hermosas puestas del sol, y él podría levantarse y largarse lejos de ahí.

—¿Qué hay del restaurante? ¿Y de mi empleo?

—Todo tuyo. El restaurante se queda, yo me voy.

—¿Qué hay de Julia?

—Estará bien.

No podía decir lo mismo de él.

—Las cosas no siempre son en blanco y negro. ¿Por qué no piensas...?

Alguien tocó a la puerta principal.

—¿Ricardo? ¿Chase?

El olor de colonia Old Spice anunció la presencia de

don Carlos incluso antes de que entrara a la habitación.

—Muchachos, me estaba preocupando por ustedes. Todos están esperando.

—Lo lamento, don Carlos, me distraje.

—Ah, ¿y ahora qué hizo Julia? —los amonestó con un dedo huesudo y sonrió—. Los vecinos me dijeron que ustedes dos volvieron muy tarde la otra noche. Van a volver a iniciar los chismes —meneó la cabeza—. No importa. Díganme cuando tengan una hora o dos. Lorenza ya se apuntó para bailar varias veces con ambos. Lástima que no estamos pidiendo dinero para alguna noble causa, y cobrando por cada pieza.

Ricardo miró a Chase y supo que ambos estaban pensando lo mismo.

—No en la noche familiar, don Carlos, pero es una gran idea. Lo haremos alguna otra noche, sacaremos todas las campanas y trompetas y haremos una gran campaña de publicidad para atraer a las multitudes.

—Hasta entonces, será mejor que vayamos.

Don Carlos tomó una de las asas de la nevera. Abruptamente se llevó la mano al centro del pecho y dio un traspié.

—¡Don Carlos! —Ricardo corrió hacia él, le rodeó la cintura con el brazo y levantó al débil anciano, arrastrándolo hasta la silla más cercana.

—¡Déjame, muchacho! Estoy bien —jadeó don Carlos. Dijo secamente:

—Tú y Julia son iguales. Es sólo mi indigestión, diablos, y me tratan como si fuera un inválido.

—No quise faltarle al respeto, don Carlos.

Se arrodilló al lado del anciano que se había convertido en su amigo y en quien reconocía la misma terquedad que en su propio padre.

Lo llenó un feroz impulso de protección. Eso no lo ayudó a deshacerse del acre sabor de un mal presentimiento. Debía ser peor para don Carlos.

—Chase, trae algo de agua. Don Carlos, sólo siéntese por unos minutos. Después nos iremos.

—Ya es tarde —se esforzó por enderezarse. Sus ojos se llenaron de lágrimas por el esfuerzo.

—Entonces haremos una entrada triunfal.

Tomó el vaso de agua que le ofreció Chase y lo acercó a los labios temblorosos de don Carlos.

El anciano tomó un pequeño sorbo y se recargó. Su mano finalmente cayó de su pecho a su regazo.

—¿Se siente mejor?

Ricardo quería escuchar un "sí" atronador como respuesta, pero don Carlos se veía más pálido de lo normal.

—Estoy bien, hijo. Nada más no me trates...

—Lo sé, lo sé. Como a un inválido. Usted es un anciano terco.

—Dios los cría y ellos se juntan.

Ricardo se rió.

—Oiga, ¿y yo a usted qué le he hecho?

Le quitó a don Carlos los lentes con gentileza y los colocó a su lado en el suelo. Por suerte no se resistió. Ricardo mojó sus dedos con el agua, los sacudió y acarició con ellos las mejillas sonrojadas. De reojo notó la incomodidad de Chase.

—A mí nada, hijo —don Carlos cerró los ojos.

—Son tú y Julia. Me recuerdan a mí y a mi esposa. Julia heredó su orgullo de ella.

Sonrió. El color volvió a sus mejillas.

Se enderezó y abrió los ojos. Lo peor había pasado. Su rostro se suavizó en incontables arrugas. Le dio unos golpecillos en el hombro a Ricardo.

—Eres un buen chico y harás lo correcto. Pero no pierdas de vista lo importante. No querrás quedarte solo sin nadie con quién compartir tu éxito. ¿Qué tendría eso de bueno? Ayúdame a pararme —se deslizó a la orilla el asiento y tomó el brazo de Ricardo—. Estamos haciendo esperar a las mujeres y eso no es correcto —jaló el hombro de Ricardo para poder murmurar en su oído—. Incluso invité a una amiga de Julia para Chase. Ese muchacho la pasará bien esta noche.

Ricardo se sintió aliviado de descubrir que la mano de don Carlos se sentía tan firme y segura como sus palabras.

—Don Carlos, esta noche Chase y yo queremos anunciar un nuevo plan que dejará al estudio intacto. Eso los tranquilizará a todos.

Sus ojos azules se dirigieron a Ricardo con mirada penetrante.

—Gracias, hijo. Ahora puedo descansar.

Señaló sus lentes y Ricardo se agachó para recogerlos.

Don Carlos comenzó a caminar con paso lento, seguido por Ricardo y Chase. Ricardo le ofreció su brazo y se sorprendió cuando el anciano aceptó. Deseó poder cargar a don Carlos y llevarlo al otro lado de la calle. No quería verlo esforzarse.

Ricardo miró al primer piso del estudio de baile de Elvira, donde tenía sus habitaciones. Se le cerró la garganta.

Julia estaba parada en el pequeño balcón. Una increíble puesta del sol pintaba el cielo de anaranjad apagados, rosas y suaves azules que la enmarcaban. Los colores la coronaban, parecían emanar de ella, competían con su propio brillo.

Ella se inclinó sobre las macetas. Las flores rosas y moradas, y la enredadera que pendía del techo, hacían resaltar el majestuoso color morado de su vestido sin mangas. Ricardo quería arrodillarse ante ella, como un caballero de la era medieval, para jurarle lealtad a ella y a su familia.

Ricardo se tropezó y don Carlos se detuvo. Pasó su otra mano sobre la de don Carlos para sostenerla firmemente.

—¿Ahora qué sucede, muchacho? —preguntó impaciente.

Ricardo, atontado, no le pudo responder. Encontró la mirada de Julia y la sostuvo.

Ella le sonrió y los saludó.

—¡Ricardo! ¡Abuelo! ¡Chase!.

Don Carlos miró lentamente hacia arriba.

Ella miró a Ricardo y a su abuelo y se le congeló la sonrisa. Sin una palabra más se dio la vuelta y entró corriendo del balcón.

Julia descendió corriendo por las escaleras. El estudio festivamente decorado ya bullía de actividad. Se alejó de los brazos que trataron de detenerla, y de las voces que la llamaban por su nombre.

Llegó a la puerta principal justo al mismo tiempo que Ricardo, el abuelo y Chase.

—¿Ricardo...?

—Dijo que era indigestión?

—¿Y le creíste?

—No, preciosa, no le creí.

Había una mirada de decisión en sus ojos, una especie de callada desesperación que ella sabía los conectaba. Ella asintió, tomó la mano de su abuelo y se la colocó en el brazo.

—Mi hija, hablan de mí como si ni siquiera estuviera aquí —dijo, en un tono más cansado que molesto. Soltó su mano—. Te quiero. —le besó la mejilla y volteó a mirar a Ricardo—. E incluso a ti, hijo. Pero ahora me siento mejor y mi agenda de baile está llena. Ustedes dos pueden seguirme.

Se alejó con paso nuevamente alegre. Era obvio que estaba en su elemento. Se acercó a un grupo de mujeres, se inclinó y dijo algo que Julia no pudo escuchar, haciéndolas reír como colegialas.

—Anciano terco —dijo Julia, meneando la cabeza.

—Eso le dije.

Ricardo se metió las manos a los bolsillos del pantalón.

Ricardo olía divino y se veía aún mejor.

—¿Se lo dijiste? —preguntó—. ¿Y cómo reaccionó?

—Dijo que Dios los cría y ellos se juntan.

Julia se rió.

—Suena a algo que él diría —volteó a mirar al abuelo, que estaba entre sus admiradoras—. Hoy tendré que vigilarlo con cuidado.

—Nos podemos turnar.

Ricardo también tenía la mirada fija en él. Era inconfundible la preocupación en las cejas arqueadas y los labios apretados.

—Gracias —dijo con voz quebrada. Se pasó la lengua por los labios, dolorosamente consciente de que él había besado esa boca durante tantas horas en el vuelo de regreso a San Diego que ella casi se había desmayado. Sus labios habían recorrido cada centímetro de su traicionero cuerpo, haciéndola vivir el paraíso en la tierra, pero sus besos la habían llevado fuera de este mundo. Ella se llevó las puntas de los dedos a los labios. Aún capaz de sentirlo ahí, probarlo, desearlo como nunca había deseado a nadie.

—Me has estado ignorando —Ricardo volteó a mirarla, recorriendo todo su cuerpo.

Ella se cruzó los brazos frente al pecho, sus pezones respondiendo a la larga y perezosa mirada de Ricardo. Le hormigueaban al rozar la suave seda de su vestido. Ella deseaba fervientemente que él la volviera a tocar, que hiciera que sus senos y cada parte de su cuerpo respondieran a la alegría más exquisita y aguda que hubiera conocido.

—No lo hago porque quiero sino porque debo hacerlo.

La miró fijamente a los ojos.

—¿Por qué, preciosa?

—Porque no voy a arrastrar mi corazón al centro de este asunto. Tenías razón. No deben entrar las emociones en una transacción de negocios.

Había sido una agonía mantenerse lejos de él desde que volvieron de Nueva York.

—¿Qué clase de hombre crees que soy? —sus ojos brillaban su furia—. Me he quebrado la cabeza tratando de pensar en aquella alternativa de la que tanto platicamos porque quiero que se acabe todo esto, sin nada entre nosotros, como borrón y cuenta nueva. Te deseo, Julia, pero me rechazas a cada paso que das. Sigo siendo el adversario en todo esto. Hasta que dejes de considerarme como una amenaza, siempre seré el adversario.

El escalofrío que invadió el cuerpo de ella le provocó frío y de repente quiso un suéter, aunque reconociera perfectamente que no era un suéter que necesitaba, y tampoco era lo que deseaba. La miró por entre sus innegablemente largas pestañas y con esa mirada penetrante que la haría sentirse desnuda aunque en ese momento estuviera ataviada de cuerpo entero en un traje de buceadora.

—Ricardo, tú eres el adversario. Tú eres una amenaza. Me aterras profesionalmente, pero más aun personalmente. Y no tengo la menor idea de qué puedo hacer al respecto.

Lorenza estaba parada con un grupo de amigos en el otro extremo del cuarto, y señalaba abiertamente en dirección a Julia y Ricardo. Julia habría dado lo que fuera por poder volverse invisible en ese momento.

—Mejor platicamos más tarde. Parece que tenemos un público muy atento —miró hacia la mochila que yacía a los pies de Oscar—. Permíteme guardar la mochila. La comida está por allá —señaló en dirección de la pared cerca del tocadiscos.

—No tan rápido —la tomó por el brazo, y sus dedos la quemaban con la magia de su calor—. Encontré tus dibujos. Chase y yo buscaremos una solución. Ella se negaba a dejarse llevar por ninguna esperanza, por temor de que fallara cualquier plan.

—Hablaremos de los negocios más tarde, ¿de acuerdo? Vamos a divertirnos. Esta noche estamos festejando a mi tía.

Ricardo miró a Elvira y asintió.

—Tienes razón —recogió la bolsa y colocó su mano en la cintura de Julia, llevándola hacia la mesa—. Te acompaño.

Estaba demasiado callado. Volteó a mirarlo de reojo, disfrutando de su tosco atractivo tanto como las mujeres mayores que estaban en el estudio. Les abrieron el paso, murmurando entre sí. Aparentemente ella y Cisco eran noticia pasada.

Julia se concentró en Chase que estaba parado en la esquina al lado de la comida. La tía Elvira estaba frente a él, abrazando a una mujer de cabello largo y negro.

Chase notó la mirada de Julia y sus ojos se le abrieron pidiéndole auxilio.

—Discúlpame, Ricardo —dijo.

—De ninguna manera, preciosa. No quiero perderme de esto —colocó la bolsa en la orilla de la mesa y con una enorme sonrisa en el rostro caminó hacia Chase. Saludó con el sombrero—. Doña Elvira —volteó a ver a la joven—. Señora. Discúlpeme —volteó a ver a Chase—. Julia y yo vamos a salir un momento a revisar los nuevos planos. ¿Crees poder esperarnos aquí?

Un gesto de temor atravesó el rostro de Chase.

—Tengo los planos en el auto. Yo también voy.

—No hace falta, amigo. Sólo vamos a hablar. No necesitamos de los planos —Ricardo sonrió, divirtiéndose enormemente—. Ya te ves ocupado. Siento haber interrumpido. Doña Elvira, ¿ya le llenó su agenda de baile?

Ella lanzó una gran sonrisa.

—En eso estoy.

—Bien. No le deje mucho tiempo libre o se acabará la comida.

Julia le dio un codazo a Rick.

—Chase —dijo en un volumen más alto del que deseaba—. No escuches a Rick. No hablaremos de negocios esta noche. Es una fiesta. No iremos a ninguna parte.

Chase lanzó un suspiro de alivio.

—Julia —rodeó a las dos mujeres y le plantó un beso en la mejilla—. Qué gusto me da volverte a ver. De veras.

—Igualmente.

Se colocó entre Chase y las dos mujeres.

—¿Por qué no ayudas a Ricardo a sacar las cosas de la bolsa que trajo?

—Será un placer. Señoritas —se inclinó levemente—. Rick, hagamos lo que nos pidió la dama —dijo en un tono helado, y se alejó de ahí tan rápido como pudo.

Chase le estaba diciendo a Ricardo algunas verdades, de eso Julia estaba segura. Veía su boca moverse en silencio, pero a doscientos kilómetros por hora. Ricardo estaba muy divertido. Algunos de los alumnos de sexto grado rodearon a los dos hombres y comenzaron las bromas y empujones mientras se arrebataban la comida.

Hombres. Comenzaban desde jóvenes. Julia dirigió su atención a las dos mujeres.

—¿Qué sucede, tía?

—Oh, nada, mi hija. Si Chase se queda tendrá que bailar. Sólo lo estoy presentando con algunas de mis alumnas más jóvenes.

—Sólo le presentas... entonces estás dejando que él elija, ¿verdad?

Su tía lanzó un profundo y exagerado suspiro. Volteó a ver a Chase y Ricardo, que se habían acercado discretamente a la mesa y ya tenían en la mano pequeños platos de cartón con comida.

—Por supuesto.

—Bien —Julia volteó hacia la joven vivaz—. Probablemente bailará contigo cuando no esté arrinconado.

—Eso espero —dijo.

Sonrió y se alejó para unirse a un grupo de mujeres que estaba cerca de la entrada.

La tía Elvira aplaudió para atraer la atención de todos.

—Mejor comencemos antes de que esos dos muchachos se coman toda la comida de la fiesta —anunció.

Como sólo algunas personas interrumpieron sus conversaciones, Julia se llevó dos dedos a los labios y emitió un agudo silbido. Después se paró detrás de Ricardo para evitar ser tan conspicua.

Él dejó la comida, dio un paso lateral y la rodeó con un brazo.

—Estoy impresionado. No es una forma muy sutil de llamar la atención de alguien.

—Hay un momento y un lugar para todo. Esta noche la sutileza no funciona.

Se inclinó y le murmuró al oído.

—¿Qué va a funcionar esta noche, preciosa?

Ah, así que ya se sentía mejor. Aparentemente no le importaba coquetear en la habitación llena, y a ella eso le gustaba.

—Usa tu imaginación, *precioso*.

Se llevó la lengua al cachete en un aparente intento de reprimir una sonrisa. No funcionó por mucho tiempo. Cuando él deslizó su mano lentamente por su espalda hasta la curva misma de su trasero, la recorrió un estremecimiento de placer. Sus labios lujuriosos se curvearon formando una lenta sonrisa. Ella quería saborearlo. Él miró inocentemente hacia enfrente.

La voz de la tía Elvira flotó alrededor de Julia, pero no pudo escuchar una sola palabra. ¿Cómo podía concentrarse en otra cosa que no fuera el calor de la gran mano de Ricardo? ¿O el calor que le recorría el cuerpo? Ella también podía jugar ese juego.

Volteó a mirarlo y puso una mano en su pecho, presionándola fuertemente para sentir el latir de su corazón. Latía tan fuerte como el suyo. La sonrisa se le desvaneció del rostro y fue reemplazada por un gesto que no podía descifrar, pero que la volvía loca. Todo a su alrededor se salió de foco.

Ricardo puso su mano sobre la de Julia.

—¿Ya ves lo que me haces, preciosa?

Ella tragó con fuerza.

—Entonces estamos a mano.

—Es bueno saberlo —sus dedos estrecharon los de ella.

La voz de su tía interrumpió sus confundidos pensamientos.

—Así que mi sobrina Julia y Ricardo, su compañero de baile, iniciarán la fiesta con la primera pieza. Denles un aplauso.

Arrancada de su ensueño, Julia sintió un hueco en el estómago. La habitación se llenó de aplausos y burlas y pareció volverse más pequeña a cada minuto.

—Ojalá tuviera una cámara —Chase empujó a Ricardo hacia delante—. En esta vida todo se paga. ¡Ja! Lo pensarás dos veces antes de volverme a torturar.

Ricardo soltó la cintura de Julia.

—¿Elvira está hablando en serio? —su voz casi se quebró.

—Totalmente. Si estamos parados juntos, bailaremos juntos. Sin discusión. Sin mirar atrás. Sin elección.

Él se encogió de hombros.

—Se me ocurren cosas peores, preciosa.

—No abuses de tu suerte —ella lo tomó de la mano, llevándolo hasta la pista de baile. Se estremeció—. Odio ser el centro de atención —ella lanzó una profunda exhalación—. Comienza el espectáculo.

Julia encendió su encanto. Sonrió y los saludó a todos cuando en realidad lo único que deseaba era escaparse al balcón con Ricardo. *¿De dónde le venía eso?*

No, ella trató de convencerse de que le alegraba el caos que los rodeaba. Mejor así, hasta que estuviera terminado el plan de negocios.

Se apagaron algunas luces y ella elevó la mirada al techo.

—La próxima vez te paras al otro extremo de la habitación y dejas las manos quietas, ¿de acuerdo? Probablemente esta es su manera de castigarme.

—Según recuerdo, tus manos también hicieron de las suyas. Eres tan culpable como yo.

Afortunadamente las luces se desvanecieron en el momento justo. Ella se ruborizó. Él retrocedió un paso y se llevó la mano de Julia a los labios.

El fuego seguía ardiendo. Ella no lo había imaginado. Su corazón se negó a detener su rebelde golpeteo. Se quedó sin habla.

—Mira, Julia. Será mejor que le veamos el lado positivo a esta situación.

Echó un vistazo a su alrededor. Había solteros, parejas y niños alegres y ruidosos parados esperando alrededor de la pista de baile. Vio a don Carlos y lo saludó. El anciano le respondió el saludo.

—¿Irá a comenzar con algo lento? —preguntó, esperanzado.

—Seamos realistas, Ricardo. Esta es una fiesta. Vamos a mover el esqueleto hasta que la gente se quede sin aliento —ella se deslizó entre sus brazos—. Sólo sígueme, querido.

—¿Tú vas a llevar?

Su rostro de mortificación la hizo reír.

—No te preocupes. No se enterarán.

La música comenzó a todo volumen. Julia automáticamente comenzó a agitar las caderas, mientras el vestido le acariciaba los muslos. Sus manos se sentían pequeñas en las de Ricardo, y de inmediato se calentaron. La sensación le penetró hasta los huesos.

—¿Tienes el ritmo, Ricardo?

Él asintió, sin retirar la mirada de sus pies. Ella soltó su mano de la de él y levantó la barbilla.

—Mírame como si fuera con intención. Confía en ti mismo. Cierra los ojos si debes hacerlo, pero confía en ti mismo y confía en mí.

Confía en mí, pensó.

Él gimió.

—Lo tengo, preciosa. Vamos.

—Una, dos, tres y vamos.

La pisó al primer paso.

—Lo siento —farfulló, y comenzó a mirar nuevamente hacia abajo.

—No, no, no Ricardo —ella le frotó el hombro con la mano y la colocó en su cuello. Era la única acción natural—. He tenido cientos de alumnos a lo largo de los años. Tú eres mejor que muchos de ellos.

—Sólo estás siendo amable.

—Algo raro contigo, lo sé.

—Es maravilloso. Tú eres maravillosa.

Ella se rió. El cuerpo de Ricardo se relajó de inmediato. Sus poderosas piernas se presionaron contra las de Julia y el paso 'rápido, rápido, lento' cobró vida propia.

Elvira aplaudió.

—¡Todos a bailar! Gracias, Julia y Ricardo.

Julia sonrió.

—Gracias a Dios que no lo prolongó demasiado.

—No fue tan doloroso —dijo Ricardo.

Al aumentar su confianza, finalmente miró a Julia y le dio una dramática vuelta.

—¿Cómo lo hago, maestra?

—Mejor, Ricardo. Confía en ti mismo. Mírame como si fuera con intención...

Cuántas veces les había dicho esas frases a sus alumnos a lo largo de los años? Nunca deseó tanto como en este momento que se hicieran realidad.

La miró con ojos que la traspasaban. La recorrió un

escalofrío. ¡Enemigo, oponente, adversario! Su mente gritó las tres descripciones lógicas para Ricardo, el hombre de negocios.

Su corazón no estaba dispuesto a escuchar.

Y menos cuando la estrechaba aún con más fuerza de lo que indicaba el instructivo. Menos cuando su lento acento la atraía aún más cerca.

—Es con toda intención, preciosa.

Y definitivamente no cuando dejó de bailar y acercó sus labios a los de ella.

—¿Me prometes también el último baile, Julia?

Ella quería prometerle más que un baile, pero el temor ante esa idea la obligó a guardar silencio. Ella asintió y volteó a ver sus pies inmóviles. Las parejas que giraban y se agitaban a su alrededor se reían y les guiñaban el ojo. Ella quería una alegría como la de ellos. La quería con Ricardo.

La música cambió a una lenta y suave tonada de jazz.

—Pensé que la música lenta comenzaba más tarde.

—No creo que la selección haya sido de mi tía.

Julia miró en la dirección del aparato de CD. Chase estaba parado al lado con un manojo de CD's y una gran sonrisa en el rostro.

Julia se rió. En este momento la vida era buena.

Bailaron durante unos minutos en silencio. El murmullo de las voces en el estudio armonizaba con la música. Ella descansó su cabeza en el pecho de Ricardo. El ritmo acelerado de su corazón era la mejor música.

De repente un fuerte estruendo hizo añicos el silencio.

Un agudo grito penetró a Julia hasta los huesos. Se desprendió de los brazos de Ricardo, mirando desesperadamente a su alrededor.

—Dios, mío, ¡el abuelo!

Capítulo Diez

Ricardo y Julia corrieron hacia el pequeño grupo agolpado ante la puerta del baño.

—¡Ayúdenme! —Lorenza golpeaba la puerta con todas sus fuerzas—. ¡Ay, Dios mío, ayúdenme! ¡Es Carlos!

Se encendieron las luces de la casa.

—¡Retrocedan todos! ¡Retrocedan! —Ricardo se abrió camino por la multitud—. Déjenme pasar. Demonios, déjenme pasar.

Los golpes de Lorenza se debilitaron. Miró a Ricardo, con el maquillaje marcándole surcos en las ancianas mejillas.

—Ayúdame, Ricardo. No puedo abrir la puerta —se le quebró la voz y cayeron nuevas lágrimas.

Ricardo tomó entre sus manos los puños ensangrentados y en carne viva de Lorenza.

—Lo hiciste bien, Lorenza.

Besó con suavidad sus manos y la hizo a un lado. Julia rodeó los hombros jadeantes de Lorenza con el brazo.

Chase se llevó a Lorenza. Elvira se aferró a Julia, que estaba congelada unos metros atrás de Ricardo.

Ricardo meneó la perilla. Era de un pesado latón, la puerta eran sólidos paneles de roble.

—Don Carlos, si me escucha, si se puede mover, aléjese de la puerta.

Retrocedió y embistió la puerta con el hombro. Lo volvió a intentar. Apenas se movió.

Para obtener mejor impulso y fuerza, sabía que tenía que usar su hombro izquierdo. Contuvo la respiración y se lanzó contra la puerta. Un dolor intenso como fuego ardiente le atravesó el hombro.

Respiró hondo y la volvió a embestir. Sintió como si le punzaran los huesos con astillas de vidrio.

Apretó los dientes para soportar el dolor. Sintió náuseas y se le nubló la vista. Retrocedió trastabillando.

Concentración. Concentración. Emitió un fuerte grito y arremetió contra la puerta con cada gramo de su peso.

La puerta cedió. Le dio un puñetazo a la abolladura, quitó algunas astillas de madera y metió la mano por el pequeño hueco. Abrió la puerta desde adentro y se controló, abriéndola lentamente.

Se abrió unos centímetros. Ricardo se asomó. Don Carlos yacía en el suelo impidiendo el paso.

—No, no, no —murmuró Ricardo.

Se escurrió dentro, empujando la puerta contra don Carlos. Ya había perdido demasiado tiempo. Cayó de rodillas al lado del cuerpo inmóvil.

Julia trató de escurrirse en el pequeño cuarto.

—¡Sal de aquí, Julia! ¡Consigue ayuda! ¡Llama a emergencias! —movió cuidadosamente el cuerpo de don Carlos hacia él, sabiendo que no podría mantenerla afuera. Comenzó la resucitación cardiopulmonar—. Ayúdame a contar, Julia.

Ella abrió la puerta por completo. El aire fresco le aclaró la cabeza a Ricardo.

—¡Elvira! ¡Retira a la gente de la puerta!

Elvira les gritó que se alejaran.

Julia se arrodilló frente a Ricardo. Se llevó la mano a la boca y agitó la cabeza.

—Ayúdame o salte, Julia.

—Lo siento.

Quitó con cuidado los lentes del pálido rostro de su abuelo y comenzó a contar.

Ricardo presionó el pecho de don Carlos al conteo rítmico de Julia. Ignoró el agudo dolor que recorría su hombro y brazo.

—Vamos, viejo, vamos. No nos vas a abandonar tan fácilmente. Tenemos una noticia que anunciar. Tú debes estar ahí.

Julia lo miró como si le hubiera salido otra cabeza. Tomó la mano lánguida de su abuelo.

—Vamos, abuelo. No me dejes ahora.

Comenzó a oírse un murmullo en el silencioso estudio. Los paramédicos entraron corriendo al edificio. Se apresuraron al baño.

—Nosotros nos haremos cargo. Lo hicieron bien.

No lo suficiente, pensó Ricardo, mirando el tono azulado de los labios de don Carlos. *No lo suficiente, maldición.* Se levantó y retrocedió del cuarto, jalando a Julia de la mano.

Se quedaron parados justo al lado de la puerta, mirando las intravenosas, las agujas y los monitores. Los paramédicos rasgaron la camisa de don Carlos para adherirle monitores, y lo levantaron a una camilla.

Un paramédico hablaba por la radio mientras el otro continuaba aguijoneando a don Carlos.

—Ataque cardíaco. Está respirando. La presión desciende. Está perdiendo el color.

Escupieron preguntas a diestra y siniestra. Julia les gritó las respuestas. Qué medicamentos tomaba don Carlos. Otros ataques. Su historia clínica.

—Vamos en camino —gritó el paramédico por la radio.

—Iremos detrás de ustedes. ¡Sálvenlo! —gritó Julia.

El peso en el pecho de Ricardo amenazaba con aplastarlo. La respiración se fue volviendo más difícil a cada segundo que miraba el descenso de la presión sanguínea de don Carlos.

Se quedaron parados en la atestada acera, mirándolos meter a don Carlos en la ambulancia. Viendo el rostro pálido y los labios temblorosos de Julia, Ricardo rezó como nunca había rezado antes.

Con las lágrimas a punto de brotar, la mirada de Julia se fijó en él. La total desesperación de su rostro le rasgó el corazón.

Él quería decirle que todo estaría bien, pero no quería darle falsas esperanzas. Quería apretarla contra sí, pero temía lastimarla más. Quería prometerle que no habría más dolor.

—Lo siento tanto, Julia.

Ella levantó su mano temblorosa y con el gesto más tierno que Ricardo jamás hubiera visto, le limpió la humedad de la mejilla.

Antes de que Ricardo y Julia llegaran al hospital Sharp Memorial, ya se habían llevado a don Carlos a la unidad de cuidados intensivos. Ricardo trastabilló en la sala de emergencias aferrándose el hombro.

Los ojos de Julia se abrieron. Lo abrazó por la cintura.

—Ay, Montalvo. ¿Por qué no dijiste nada, mi corazón?

Él trató de encogerse de hombros, pero su hombro izquierdo se negó a cooperar.

—Estaba ocupado —las palabras se le barrieron. Se pasó la lengua por los labios tratando de decir su nombre, pero la palabra se le adhirió al interior de la boca como algodón.

Ella lo había llamado *corazón*. Cerró los ojos y dejó que su dulce voz lloviera sobre él.

Ella le ayudó a pasar por las puertas de emergencias y lo sentó en el primer asiento vacío que encontró. Corrió a la recepción gesticulando agitadamente, su voz bajando y subiendo como la marea en Mission Beach.

La amaba. Parpadeó fuerte, tratando de que ella no se saliera de foco.

Ella volvió con un internista y una silla de ruedas.

—Escucha amor, te vamos a curar ahora mismo.

—¿Carlos? —logró preguntar. Lo invadió el pánico y trató de enderezarse. Parecían haber pasado horas desde la última vez que lo había visto.

Ella posó la palma de la mano sobre su frente y le peinó el cabello.

—Se están haciendo cargo de él —le temblaba la voz—. Para cuando hayan terminado contigo sabremos más.

Julia y el internista lo ayudaron a subir a la silla de ruedas. El sudor perló su frente. Julia le limpió la cara.

—Gracias, Ricardo —murmuró, besándole la frente—. Voy a subir corriendo a ver al abuelo y volveré tan pronto como pueda. Sammy se hará cargo de ti, ¿está bien?

No te vayas, quería gritarle al cuerpo que se alejaba, pero sólo pudo tragar saliva. *Te amo*, pensó, antes de que el dolor hiciera presa de su cuerpo una última vez y lo envolviera la oscuridad.

La familia y los amigos estaban a lo largo del corredor del hospital, afuera de cuidados intensivos. La imagen le trajo a Ricardo recuerdos de la muerte de su abuela. Sus padres lo habían besado a él y a sus hermanas con frecuencia durante esos últimos días en el hospital, cuando la triste realidad les había golpeado duramente. Ellos habían estado ahí para él mientras su propio mundo se les venía encima. Había jurado jamás volver a dar por sentado el amor de nadie. Entonces él se había ido, demasiado asustado y enojado como para mirar atrás. Hoy había vuelto a dar por sentado el cariño de otro amigo.

No cometería ese mismo error con Julia.

Julia caminaba de un lado a otro al final del pasillo. Alguien la había envuelto en una enorme chaqueta del equipo de los Chargers. La orilla de su vestido de fiesta se asomaba por debajo. Llevaba zapatos tenis. Llevaba el cabello recogido en la nuca, sostenido ahí con un lápiz amarillo. Algunos mechones le caían libremente por el rostro.

Era la visión más hermosa que hubiera visto Ricardo.

Recorrió el pasillo empujando torpemente la carreta que había robado de la cafetería. Estaba llena de tazas de café negro, jugos en caja y latas de Pepsi. Se fue deteniendo en el camino, ofreciéndoles bebidas a los cansados visitantes. Era lo menos que podía hacer.

Extendían los brazos para tocarlo. Voces que no reconocía murmuraron su nombre una y otra vez. Los rostros que había visto cientos de veces en el estudio o en el barrio se volvieron borrosos cuando se concentró en Julia. Masculló algunas incoherencias, sin poder mirar a nadie más. Dejó la carreta al centro del pasillo. Avanzó hacia ella, deseando arrancarse el cabestrillo que le sostenía el brazo izquierdo pegado al pecho. El áspero material se le encajaba en el cuello, inmovilizando su brazo y entorpeciendo su coordinación.

Julia volteó a mirarlo. Por un momento brilló una luz en sus ojos. Desapareció en un parpadeo. Su mirada suplicante le examinó el rostro y se detuvo en su hombro.

Avanzó unos pasos hacia él.

—Lo siento, Ricardo. Me dijeron que estarías abajo un par de horas más. Iba a volver en un rato a ver cómo estabas.

—En cuanto pude sentarme y buscar mi sombrero, me salí de ahí —su torpe intento de bromear fue un fracaso.

Ella volteó a verlo con la mirada vacía, su sonrisa detenida en algún lugar profundo dentro de ella.

La atrajo hacia sí con su brazo sano.

—Tienes cosas más importantes de qué preocuparte.

Ella recargó la cabeza contra su pecho. Él le acarició

la cabeza, soltándole el lápiz. Éste cayó al suelo. Julia lentamente envolvió sus brazos alrededor de la cintura de Ricardo y exhaló un suspiro entrecortado.

—¿Cómo está?

No estaba seguro de querer saberlo.

Ella levantó la cabeza para mirar a Ricardo a los ojos.

—En realidad está mejor. Su estado es crítico pero estable —deslizó la mano en la de él—. Ven a verlo.

—Creo que no debería. Necesita descansar.

Ricardo quería recordar a don Carlos bebiéndose una cerveza helada o en la pista de baile rodeado por sus admiradoras.

—Tú le salvaste la vida, Montalvo.

—Aún no está fuera de peligro, Julia.

—Mayor razón para que lo veas ahora —su voz permaneció tranquila, aunque sus ojos le gritaban un ruego silencioso.

A Ricardo le bastó una mirada a esos ojos para dominar el pánico. Le apretó la mano.

—Entonces vamos, preciosa.

Ella lo llevó a la habitación oscura. Ricardo se detuvo en la puerta, sus pies no deseaban entrar. Don Carlos se veía pequeño y frágil en la cama de hospital. Tenía los ojos cerrados. Su pechó se elevaba y descendía más rápido de lo que debía.

—Este no es mi lugar, Julia —murmuró. Miró las agujas insertadas en don Carlos. Se le saltaron las venas en las manos que sostenía quietas, como rezando, ante su vientre.

La madre y padre de Julia habían acercado sus sillas al lado de la cama. Su tío y su esposa estaban parados del otro lado. Elvira estaba cerca de la ventana, mirando la calle a través de las persianas.

Ricardo retrocedió.

—Eres su amigo —dijo Julia en voz baja.

—No creo que sea ese el término que emplearía tu familia para mí.

Julia le apretó aún más la mano.

—Sí lo harían —se mordió los labios temblorosos.

Él no quería enfrentar a ninguno de ellos.

—Quizás yo le haya causado ese ataque. Vaya amigo.

Había tomado a la familia de don Carlos y los había atropellado como un buldozer, todo por un edificio. Al final había resultado ser el cruel monstruo que Julia creía que era. En lugar de responder de igual manera, su familia le había abierto sus brazos y sus puertas. Lo habían invitado a formar parte de sus vidas, aún cuando conocían bien sus planes.

Uno a uno le habían abierto el corazón y los ojos a un mundo más allá de los negocios, lo habían hecho desear a la familia que apenas ahora sabía que extrañaba y necesitaba. Él quería algo más que negocios; quería a Julia más que ninguna otra cosa que recordaba haber querido. Se tragó el nudo que tenía en la garganta. Caminaron de la mano hasta el pie de la cama.

Don Carlos merecía más que su respeto. Ricardo haría todo lo que estuviera en su poder para ver que recibiera la mejor atención médica que el dinero pudiera comprar. En cuanto se restableciera, Ricardo le contaría sus planes para el estudio.

Limpiaría el desastre que había causado. Le pediría perdón a Julia y abandonaría la ciudad. Entre más distancia pusiera entre la familia Ríos y él, más fácil sería para ellos volver a remendar sus vidas ... los retazos que él les había quitado.

La idea de dejar a Julia lo hería con un dolor más agudo que el que había sentido en el hombro.

La madre de Julia se levantó de su asiento.

—Gracias, Ricardo.

Tenía el rostro lleno de lágrimas. El padre le apretó el hombro.

—Necesita un descanso. Por favor tomen nuestros asientos. Cuida a Julia.

Don Marco y su esposa los siguieron con cajas rosas de pan dulce bajo sus brazos. Ricardo esperó que el café siguiera caliente para ellos.

—Preguntó por ti, hijo.

Ricardo quería huir. Familia, familia, familia. Él había abandonado a una, casi había destruido a otra, y sin embargo sabía que lo ayudarían si él lo necesitara.

Ricardo le acomodó la silla a Julia. Soltó su mano de la de ella y se inclinó para darle un beso en la mejilla, sintiendo una vez más el dolor penetrante en su brazo. Los analgésicos estaban dejando de surtir efecto rápidamente.

—Ahora vuelvo, preciosa.

Ella asintió y acercó más su silla a la cama.

—Lo siento tanto doña Elvira.

Ella lo miró con ojos enrojecidos. Las lágrimas se le derramaron. Si se hubiera abierto la tierra para tragárselo, él habría saltado de cabeza. La abrazó con torpeza, maldiciéndose por su propia estupidez.

Su cuerpo frágil se agitó en suaves sollozos hasta que creyó que se rompería. Después de unos minutos se detuvo con un estremecimiento.

—Ayer me dijo que tomara una decisión respecto al estudio —murmuró—. Siempre se preocupó por mí. Me dijo que la vida era corta y que era mejor que hiciera todas las cosas antes de que se me acabara el tiempo y terminara preguntándome "¿Y si hubiera... ?" Me dijo que el cielo te había enviado como una oportunidad disfrazada.

¿Amenazar con arrebatarle su negocio a una familia era una bendición disfrazada? Ricardo maldijo al anciano. Carraspeó.

—Él siempre supo qué decir —miró a don Carlos y a Julia, que no se habían movido ni un centímetro—. No tenemos que hablar de negocios ahora.

—Lo sé, Ricardo, pero cerraré el estudio de todas

maneras. Siempre quise viajar a España y a Grecia. Es un buen momento para hacer algo así.

Se quedó sin habla. El cambio de planes, las oportunidades. La culpa.

—No, Doña Elvira. Por favor.

—Ya es el momento, Ricardo —le dio unos golpecillos en la mejilla—. Me dijo que eres un buen muchacho. Yo también lo creo firmemente —Elvira miró la cama de hospital—. Mi sobrina está enamorada de ti y golpeada por lo de su abuelo. No es una buena posición para negociar. Tienes mi palabra de que te ayudaré en todo lo que sea necesario. Haz lo que tengas que hacer, pero no te atrevas a lastimarla.

Elvira levantó la barbilla y se limpió las lágrimas del rostro.

Lo dejó parado ahí, sin habla, y echó sus brazos alrededor de Julia. Ésta se aferró a los brazos que tenía envueltos alrededor del cuello, acercándose a su tía lo suficiente como para que sus mejillas se tocaran.

Don Carlos se movió. Julia contuvo el aliento. Elvira lo besó y salió corriendo de la habitación para avisarles a los demás. Julia se levantó y tiernamente acarició una arruga de su frente, suavizando el surco que había aparecido en ella.

—Chiquita —don Carlos se pasó la lengua por los labios partidos. Sus párpados se agitaron, pero no abrió los ojos.

—Shh, Abuelo.

—¿Ricardo? —tragó con gran dificultad.

—Estoy aquí, don Carlos.

Ricardo extendió el brazo para tomar el vaso de agua que estaba sobre la mesa de noche, pero después lo pensó mejor. Sacó un cubo de hielo y lo pasó por los labios de don Carlos.

—Qué bien. Están juntos —una lágrima descendió por el costado de su ojo cerrado, a lo largo de su sien y al cabello—. Ojalá pudiera verlos juntos. No puedo ver.

Se le atragantó la voz. Y tosió. Su rostro se tensó ante los espasmos de dolor que debía estar sintiendo.

—Podrás vernos mañana, abuelo —le dijo con voz suave—. Tú sólo descansa.

Ricardo dejó el cubo de hielo y miró a Julia asombrado. Su voz era tan reconfortante como una canción de cuna, pero las lágrimas cubrieron sus mejillas, cayendo por su barbilla a la sábana blanca que lo cubría.

—Tu abuela está feliz, Chiquita. Él es el indicado —contuvo la respiración y la dejó salir lentamente—. Ricardo, cuida bien a mi nena.

Las palmas de Ricardo se llenaron de sudor, como él que le corría por la espalda. Tenía que decir algo, cualquier cosa que cambiara la situación.

—Viejo, no puedes irte a ninguna parte. Tienes que estar en nuestra boda.

Las comisuras de los labios de don Carlos se curvearon en una triste sonrisa. Buscó la mano de Julia. Ricardo cubrió las manos de ambos con la suya.

Julia se inclinó contra Ricardo. Su calor combinado debía calentar las manos y pies de don Carlos. Si fuera así de sencillo, pensó Ricardo, lo hubiéramos hecho hace horas.

El monitor comenzó a sonar sin control. La línea verde se estiró y el corazón de don Carlos se detuvo.

Capítulo Once

—¿Cuánto tiempo llevan ahí? —Ricardo lanzó hasta el otro lado de la habitación su sombrero, que golpeó la puerta y se deslizó al suelo. Pateó la silla más cercana haciendo brincar a todos—. Lo siento —murmuró.

Julia lo dudó. Miró hacia otra parte y deseó, por un momento, poder hacer lo mismo. Se asomó por la única ventana, jugueteando con la cruz que llevaba en él.

—Dijeron que la cirugía para colocarle el by-pass podría durar hasta diez horas.

Se sorprendió a sí misma por su capacidad de recordar ese dato, así como otros que entraban y salían del flujo de su conciencia. Cada rostro, cada palabra mencionada, cada dolorosísimo minuto que había pasado en esa silla al lado de la cama del abuelo era una nebulosa. Sabía que después de que habían dado de alta a Ricardo él se había quedado a su lado, la había abrazado, había hablado con su abuelo. Alguna tontería sobre una boda que incluso hizo sonreír al abuelo.

Ricardo la había consolado. Ahora la estaba poniendo muy nerviosa.

Se sobó la nuca. Sus ojos ardían inmisericordemente, y un nuevo diluvio de lágrimas amenazaba con volver a comenzar si alguien la miraba siquiera. Estaba cansada hasta la médula, un dolor que iba más allá de cualquier cosa que hubiese conocido.

Los golpes en la máquina de refrescos la desconcertaron.

—¡Montalvo! Te van a correr de aquí. Contrólate.

Sus ojos miraban descontroladamente de aquí para allá dándole el aspecto de un hombre desesperado y explosivo. Volvió a dirigir su atención a la máquina y la volvió a golpear. Su brazo izquierdo vendado parecía un ala rota.

Él había estado ahí para ella, pero ¿quién había estado ahí para él? Ella miró a Chase, que estaba al otro lado de la habitación. Le respondió encogiéndose de hombros, la mirada vacía en sus ojos llenándose con sus propios demonios.

Ella caminó hacia Montalvo y colocó la mano en el centro de su espalda. Le acarició toda la espalda y después presionó con mayor firmeza los tensos músculos. *Este muchacho está a punto de explotar.*

—Ven a sentarte conmigo, Montalvo.

Él recargó la mano sobre la máquina, tensando el brazo, y agachó la cabeza contra la parte superior de éste.

—No quieres sentarte junto a mí —las palabras se barrieron—. Soy de mala suerte.

Julia sospechó que la fatiga finalmente estaba asentándose. Le volvió a sobar la espalda.

—No hables así. No preferiría sentarme con nadie más.

Volteó hacia ella. Sus ojos oscuros, como pozos sin fondo, la atraían hacia un mundo en el cual no estaba muy segura de querer entrar. Buscaron en el rostro de Julia alguna respuesta que no podía darles.

Su mirada se endureció.

—Entonces, preciosa, lo siento por ti.

Ella se ruborizó y, antes de que pudiera controlarse, las lágrimas comenzaron a salir. Él estaba tratando de hacerla a un lado, poniéndose a la defensiva para evitar lastimarla, o a sí mismo.

—Debes dejar de sentir lástima de ti mismo, Montalvo.

Levantó la cabeza de repente. La miró como si fuera la primera vez.

—Julia, lo siento. Lo siento. ¿Cuántas veces tendré que seguirlo repitiendo?

—Lo has dicho suficientes veces —sollozó—. Maldición, Montalvo, estoy tan cansada de llorar. No seas malo conmigo o volveré a empezar.

—Oh, nena, ven acá.

—No —lloriqueó como una niña—. Maneja tu culpa en tu propio tiempo. Sé que eso es contra lo que estás luchando pero seguirá ahí en la mañana, créeme, y yo no quiero estar ahí cuando lo enfrentes cara a cara.

—Por favor, Julia, lo siento.

Otra vez ese acento, rodeándola como una cobija caliente. Ella quería acomodarse contra ese calor y dormir durante días para despertar ya habiendo dejado muy atrás esta pesadilla.

—No —murmuró, pero sus pies tenían voluntad propia.

La llevó de la mano a la silla más cercana. Se sentó y la jaló a su regazo. La movió y gimió.

Ella se enderezó rápidamente.

—Tu hombro.

—Está bien —la atrajo hacia su pecho y recargó la barbilla en su cabeza—. Julia, si pudiera hacerlo todo de nuevo, jamás te arrastraría a ti ni a tu familia por esto —murmuró sólo para sus oídos—. ¿Dices que salvé la vida de tu abuelo? Bueno, preciosa, pues ustedes han salvado la mía.

Los dedos de Ricardo descendieron del cabestrillo y se posaron en su muslo, y el calor de ese contacto se filtró hasta sus cansados y doloridos huesos.

—Debemos arreglarlo todo.

—Lo haremos.

Ella casi le creyó. Se aferró a su camisa, mojada por sus lágrimas. Se acomodó, acurrucándose contra su firme y macizo cuerpo. Él la abrazó con fuerza y ella creyó, en ese instante, que ahí mismo en sus brazos podría encontrar las respuestas que había estado buscando.

La voz de Ricardo resonaba sobre ella como el perezoso zumbido de las abejas en verano. Su suave y tranquila respiración calmó la de ella. Luchando tanto como pudo contra la improvisada canción de cuna, finalmente cedió y permitió que sus ojos se cerraran.

El zumbido aumentó de volumen y sobrecogió a Julia. Sabía que estaba despierta, pero su cuerpo se negaba a aceptar ese hecho. Abrió lentamente los ojos, uno a la vez.

Francisco estaba parado en la puerta con una enorme sonrisa en el rostro.

—Escuchen todos. Soy portador de buenas noticias. Carlos está en recuperación y está mejorando.

La gente celebró y Montalvo se despertó de golpe, casi tirando a Julia al suelo. Gesticuló por el repentino dolor en su hombro y la abrazó con el brazo sano, como para protegerla.

—¿Qué diablos...?

Miró desesperadamente a su alrededor hasta que su mirada se posó en Francisco. Sus ojos se trabaron. La temperatura de la habitación descendió unos cuantos grados y Julia se estremeció. Con esa mirada fija y helada Ricardo de plano daba miedo. Podía ver lo peligroso que podría ser en la cancha de fútbol americano o en una negociación intensa. Francisco guardó admirablemente la compostura y ella supo que él podría enfrentarse fácilmente a cualquier contrincante político en cualquier tipo de debate.

Si ella no hubiera estado en medio, se hubiera hecho a un lado para ver los fuegos artificiales.

—Qué espantosa forma de despertar —masculló Ricardo. —. ¿Qué le viste a ese tipo?

Ella examinó a Francisco. Recién rasurado y perfectamente planchado, estaba impecable. Recorrió la habitación repartiendo firmes apretones de manos con una cálida sonrisa y palabras reconfortantes. Si hubiera sido cualquier otra persona, ella lo habría creído el típico político astuto. Al menos aquí, en esta habitación, era genuino y sincero. De eso no le cabía duda.

Ella se atrevió a mirar al ceñudo Ricardo que no le quitaba la vista de encima a Francisco.

—Ciertamente podría dar clases de Ciencias Políticas. Lección número uno: recorre la habitación —volteó a ver a Julia—. Un segundo... dijo que tu abuelo está en recuperación.

Finalmente asimiló la noticia. Julia saltó del regazo de Ricardo.

—¡Cisco! —gritó —. ¿Estás seguro de lo del abuelo? —se levantó, se alisó el vestido y se pasó la mano por el cabello enredado.

Francisco se aproximó a ellos.

—El doctor pasó por aquí, pero como estaban durmiendo, lo intercepté.

—Siempre buscando la oportunidad de ser el centro de atención —masculló Ricardo—. No te pares tan cerca, Valdez. Me enciegueces.

Cisco se rió alegremente.

—Buenos días a usted también, señor Montalvo.

Ricardo estrechó la mano extendida.

—Podría haberlo sido hasta que usted llegó —le dedicó una amplia sonrisa.

—De hecho yo sentí lo mismo cuando usted fue la primera persona que vi al entrar aquí.

Julia exhaló un suspiro de exasperación.

—Este no es el lugar ni el momento, señores —apretó los dientes hasta que le dolieron.

Al lado de Francisco, con su ropa arrugada, cabello despeinado, un brazo en cabestrillo, Ricardo parecía haber sido duramente castigado por toda la línea defensiva de Denver. Le gustaba bastante ese contraste entre los dos, pero en ese momento ninguno le agradaba demasiado.

—¿Recibiste la noticia y no te molestaste en despertarme? —Julia luchó por controlar su voz—. Y a ti... —se volteó para encarar a Ricardo—. ¿Lo único que se te ocurre es molestar a Cisco?

Los dos voltearon a mirarla como si hablara un idioma extraterrestre. La habitación se quedó en silencio.

—¿Hemos estado aquí toda la noche enfermos de preocupación en espera de una noticia, y *sólo* cuando se te da la gana te decides a informarme acerca de la condición de mi abuelo? ¿Cómo está eso, Cisco?

—Lo siento, no estaba pensando. Sólo quería ahorrarte...

—Sólo estabas pensando en ser el centro de atención, como dijo Ricardo. Ahora si me disculpan tengo que ir a cuidar a mi abuelo.

Ricardo dio un paso al frente.

—Voy contigo.

Ella zafó la mano de su brazo.

—No. Sólo continúen con el pleito de machos que estaban a punto de tener y acaben con esto de una vez. Estoy cansada y tengo cosas más importantes que hacer.

Se abrió paso entre ellos, repentinamente consciente de lo estrafalario de su indumentaria. Los zapatos tenis, la chaqueta de los Chargers, su vestido de fiesta. El improvisado traje reflejaba su caos interior. Si volvían a interponerse en su camino con sus tonterías machistas, estarían en graves problemas.

Julia se apresuró hacia el pie de la cama de su abuelo y dijo una rápida oración en agradecimiento. Él estaba respirando normalmente y le había vuelto el color a las mejillas. Sus padres, la tía Elvira, el tío

Marco y su esposa voltearon a verla, con el alivio evidente en sus sonrisas tentativas.

Ella los besó uno por uno. Se inclinó sobre el abuelo y lo besó suavemente en la frente. Le tocó el terso rostro con las puntas de los dedos, siguiendo las líneas de muchas arrugas como si la llevaran hacia un tesoro.

No fue su imaginación. El rostro del abuelo se relajó. En ese momento supo que había encontrado ese tesoro. El abuelo volvería a casa.

Transmisor en mano, Ricardo estaba parado ante las amplias puertas dobles de su restaurante. Sólo siguió caminando cuando detectó a Chase en el estudio de Elvira.

—¿Allá todo está bajo control, Chase?

La radio siseó por la interferencia. Chase se paró en la puerta del estudio y lo saludó.

—Si usas tu transmisor para preguntarme eso una vez más, aventaré el mío por la ventana. Cálmate, cuate.

—Muy bien, muy bien. Puedo entender una sugerencia.

—Voy a dejar mi radio para reacomodar las cosas —dijo Chase riendo, y volvió a saludar.

—¿Reacomodar las cosas?

La radio se apagó.

Muy bien, así que estaba obsesionado con los detalles. Quería que la sorpresa funcionara sin ningún tropiezo. Hacía demasiado tiempo que no se había visto tanta actividad en el estudio. El clan del barrio prácticamente lo había abandonado desde el encuentro cercano de Carlos con la muerte, y él había optado por visitar al abuelo diariamente durante horas. Arrastrado por la corriente emocional, él había estado ahí tanto como le había sido posible.

Miró su restaurante terminado y después el estudio.

Dos mundos increíbles en los que tenía suerte de vivir.

El estudio se había convertido en su refugio; la gente de ahí, sus amigos. Era una vida que nunca había esperado encontrar, y que definitivamente no había apreciado. Extrañaba la vivacidad del estudio, la música llenándolo de vida, las instrucciones en la dulce voz de Elvira, el sentimiento de hogar que le proporcionaba.

Más que nada, extrañaba la cercanía de Julia desde que había terminado la campaña publicitaria y las lecciones de baile, particularmente la sensación de tenerla en sus brazos, la forma en que a veces la atrapaba mirándolo. Era una mirada que podría obligar a cualquier hombre a retroceder y chocar contra un cacto espinoso sin siquiera sentirlo.

Diablos, él también la volvía loca, pero ni siquiera estaba seguro de que fuera una locura buena. Sabía que él a veces actuaba un tanto intempestivamente, con un comportamiento machista que ella casi no toleraba.

En todos sentidos era un desafío estar cerca de Julia. Y ya se lo había dicho. Después la había hecho sonreír al decir lo mucho que le encantaba enfrentar los desafíos.

Julia apareció en la esquina con la camioneta azul que había rentado para ella. No tenía exactamente el mismo efecto que su Miata rojo, pero Julia podría hacer que cualquier carcacha pareciera un Rolls Royce.

Tomó la radio.

—Aquí están. Prepárate.

—Diez-cuatro —respondió Chase.

—Oye, eso suena estupendo, suena oficial —dijo—. Diez-cuatro, mi amigo.

—Chase, por lo que más quieras, ponte en posición.

—Diez-cuatro.

La radio volvió a apagarse y el movimiento cesó dentro del estudio.

Colocó la radio en la banca de madera que estaba junto a la puerta. La banca era un regalo de Marco, hecho por el mismo carpintero que había creado la que tenía frente a su panadería.

Julia abrió las puertas corredizas de la camioneta y comenzó a sacar una silla de ruedas.

Ricardo corrió hacia ella.

—¡Julia! Permíteme ayudarte con eso.

El rostro de Julia se iluminó como una hermosa flor, haciéndolo vacilar.

—¡Ricardo! Gracias por venir.

—No me lo hubiera perdido por nada.

Con una mano levantó la silla de ruedas y la acomodó, colocándole el freno.

Le tocó el cabestrillo suavemente.

—¿Cómo sigues?

Su sonrisa vibrante lo hizo desear cosas que alguna vez creyó fuera de su alcance.

—Cada día mejor.

La estrechó contra sí.

—Ya extrañaba esto.

Ella envolvió sus brazos alrededor de su cintura.

—¿Qué es *esto*?

—Tu sonrisa, preciosa.

Ella suspiró y su cuerpo se relajó.

—Parece que pasó lo peor.

—¡Oigan! —un bastón golpeó la puerta—. ¿Ya terminaron ustedes dos? Hace calor aquí.

—Don Carlos, veo que ya volvió a la normalidad.

Ricardo se rió, se alejó de Julia y estiró los brazos hacia Don Carlos.

—Se siente bien estar en casa —don Carlos se aproximó a la orilla de la camioneta y colocó un brazo tembloroso alrededor del cuello de Ricardo.

Ricardo lo levantó con facilidad y delicadamente lo

colocó en la silla de ruedas que sostenía Julia. Don Carlos miró a su alrededor, con la suave brisa despeinándole el cabello.

—El estudio está demasiado silencioso, pero se ve maravillosamente bien —señaló hacia Ricky's con su bastón—. Al igual que tu restaurante desde este ángulo, hijo.

—Espere a que vea los planos terminados, Don Carlos.

Él y Chase habían contratado un nuevo diseñador para que les diera vida a los primeros dibujos de Julia.

—Estoy seguro de que serán una obra de arte.

Eso esperaba Ricardo. El asfalto se vería reemplazado por caminos empedrados y puentes que unirían el estudio y varios otros negocios con el restaurante. Se colocaría tierra en todas partes para darle vida al lugar con el verde de las plantas. El color lo proporcionarían las toneladas de flores que habían ordenado, incluyendo rosas amarillas, lilas y geranios. El aroma de esas flores había permeado el aire tan intensamente en su oficina, que eso debía ser algún tipo de señal. Le había encantado la idea de incluirlas en el lugar. Las columnas y enrejados de los edificios serían decorados con enredaderas de glicina y buganvilla.

Apenas podía esperar a ver la mirada en el rostro de Julia cuando presentara esta noche los planos modificados.

—Espero que todos lo crean —se puso detrás de la silla de ruedas—. Por favor, permíteme, preciosa. Si pudieras abrir la puerta...

—¿Qué te traes entre manos? —murmuró al pasar junto a él.

No iba a dejarla pasar tan fácilmente. Presionó su cuerpo contra el de ella, interrumpiéndole el paso.

—¿Y bien? —murmuró, en lo absoluto preocupada por su postura.

Su ceja arqueada lo provocó aún más.

—Es sólo una pequeña sorpresa.

La dejó pasar renuentemente.

—Oh-oh. Tú no conoces el significado de la palabra pequeño. Sólo asegúrate de que yo no esté cerca cuando presentes esa pequeña sorpresa.

Le guiñó el ojo y le lanzó su encandilante sonrisa, estimulándolo.

—¿Sorpresa? ¿Qué sorpresa?

La impaciencia se hizo evidente en la voz de don Carlos.

—No importa. Avancemos. Elvira debe estar preocupada.

Ricardo empujó la silla de ruedas a través de la puerta principal que Julia sostenía y entró por la recepción hasta el estudio.

—¡Sorpresa!

Don Carlos se sobresaltó y después una sonrisa iluminó su rostro.

La habitación estaba llena de parientes y amigos. Una variedad de panes, platos llenos hasta el borde con arroz y frijoles, bandejas de enchiladas y carne asada y cerros de tortillas se desbordaban de las mesas que estaban contra la pared opuesta. El olor era paradisíaco.

Pendía del techo un enorme letrero que decía: "Bienvenido a casa, Carlos". Chase prendió la música, pero la mantuvo a un volumen respetable. Ricardo le hizo una seña de aprobación.

Todos corrieron hacia don Carlos, hablando a mil kilómetros por hora.

—Gracias, gracias —murmuró, pero su voz no se escuchó. Con una mano en el hombro de don Carlos, Ricardo se inclinó cerca de su oído.

—¿Quiere decir algo o guardará silencio para siempre?

—Quiero decir algo —cubrió la mano de Ricardo con la suya—. No me dejes.

—No lo haré, viejo, y usted lo sabe.

No deseaba gritar o silbar tan cerca de don Carlos, así que a señas le pidió a Julia que emitiera su poderoso silbido.

Lo hizo. La alharaca disminuyó y finalmente se detuvo. Todas las miradas estaban fijas en don Carlos.

—Casi me da un ataque cardíaco —dijo.

La multitud se quedó anonadada. Don Carlos se rió.

—Es broma.

Se rompió el hielo y todos rieron con él. Don Carlos alzó las manos.

—Ustedes son la razón por la cual decidí quedarme. Ustedes me trajeron a casa. Los extrañé a todos —se le quebró la voz.

Ricardo parpadeó con fuerza. De repente no le gustó el sitio donde estaba. Ser el centro de atención junto al hombre que lo había obligado a examinar muy de cerca su modo de vida era una lección de humildad. Todos verían a través de su máscara, pero aún no estaba preparado para hacer confesiones emocionales en público.

—He vivido una vida larga, plena y productiva, y aún así me parece demasiado corta. Hoy estoy rodeado por las únicas cosas que importan: mi familia y mis amigos —él extendió la mano—. Julia, Elvira, María, Marco, sus esposas y esposos. Y todos aquellos que siempre serán como parte de la familia, Ricardo, Francisco, Chase, vengan acá.

Se juntaron a su alrededor.

—Si puedo darles algún consejo es que no desperdicien ni un solo minuto. Hagan lo que siempre han querido hacer, rodéense de aquellos que significan más para ustedes.

Don Carlos se quitó los lentes y los colocó en su regazo. Cubrió sus ojos con una mano temblorosa, las lágrimas fluyendo a pesar de sus mejores esfuerzos.

Relampagueó un flash. Ricardo le había pedido a

uno de los niños de sexto grado que le ayudara a tomar fotografías de la celebración.

Francisco dio un paso al frente y, por una vez, Ricardo se alegró de ello.

—Don Carlos, no puedo decirle el gusto que me da que vayamos a tenerlo en casa. Éste es definitivamente un día de nuevos comienzos.

Ricardo se arriesgó a mirar a Julia. Por una vez en la vida se había quedado sin habla, incapaz de expresar su amor no sólo por esta mujer, sino por su generosa y amante familia.

Las lágrimas corrían por las mejillas de Julia, pero le sostuvo la mirada. Él le tomó la mano extendida.

—¿Bailarás conmigo más tarde? —le preguntó, limpiándole las lágrimas del rostro.

Ella asintió.

Elvira se alejó del grupo por un momento antes de regresar con una hoja de papel enrollada y atada con una liga. Besó a don Carlos y se paró tan cerca de él que su pierna rozaba la silla de ruedas.

—Me gustaría decir algo.

Chase bajó el volumen de la música. Perfectamente serena, Elvira volteó a mirar al grupo de amigos.

—Durante estas últimas semanas mi padre me ha enseñado muchas, muchas lecciones.

Ella juguetcó con el papel, enrollándolo con sus manos.

—Voy a tomarme en serio las palabras de papá y haré las cosas que siempre he deseado hacer antes de que se me acabe el tiempo.

Se inició un rumor entre la multitud. Las cabezas asintieron en señal de comprensión.

—Voy a viajar a España y Grecia.

Levantó la barbilla, su juvenil y poco arrugado rostro se veía tranquilo. Su labio inferior tembló.

A Ricardo se le heló la sangre en las venas.

—¡No!

Trató de arrancar su mano de la de Julia, pero ella la apretó más fuerte, reteniéndolo para que Elvira pudiera terminar.

—A fin de mes, cuando espero esté mejor mi padre, cerraré el estudio de baile para poder viajar.

La multitud reaccionó con asombro. Elvira levantó la mano, blandiendo el papel blanco para llamar su atención, pero a Ricardo le pareció más bien una bandera de rendición.

—Los amo a todos. Ustedes son mi vida y extrañaré este lugar, pero finalmente, es sólo un edificio.

Lágrimas, lágrimas, lágrimas por doquier. Ricardo se sintió como si se estuviera ahogando. Hubiera preferido estarse ahogando. Podía ver en sus lágrimas el gusano que había sido. ¿Cómo pudo ser la causa de una decisión así?

La voz de Elvira tembló sin reservas.

—Siempre bailaré con ustedes aquí —señaló su corazón—. Esta noche necesito que estén felices por mí y porque mi padre está de vuelta con nosotros. Como dijo Francisco, que este sea un día de comienzos, una celebración que todos necesitamos mucho. Esta noche bailaremos aquí —extendió los brazos como si fueran alas—, como nunca hemos bailado antes. Chase, música.

Aturdido, Chase sólo asintió y subió el volumen un poco.

Los invitados se fueron recuperando poco a poco de la sorpresa. Lorenza caminó hacia Elvira y le dio un gran abrazo.

—Ya era hora, cariño.

—Tienes que venir conmigo.

—Pensé que jamás lo pedirías. Que se cuiden esos matadores —Lorenza presionó su mejilla contra la de don Carlos—. Apresúrese a curarse antes de fin de mes, Carlos. Quiero bailar con usted una vez más en este estudio.

Don Carlos se rió y la besó.

—Esa es mi meta, Lorenza. Te haré mover el esqueleto.

—Más te vale. Sin excusas —volteó a ver a Ricardo—. ¿Por qué te ves tan pasmado? Ya era hora. Todo saldrá bien.

Le golpeó el pecho y, jalando a un caballero desprevenido, lo llevó al centro de la pista de baile.

La celebración comenzó. Cuando el grupo se dispersó para hablar con don Carlos, Elvira caminó hacia Ricardo.

—Doña Elvira, lo siento tanto.

—Ya hablamos sobre esto antes, Ricardo. No más disculpas. Tengo muchísimas ganas de conocer España —colocó el papel en la mano de Ricardo y le apretó los dedos—. Éste es el contrato del edificio. Puedes arreglar los detalles con Julia. Es tuyo para que hagas lo que quieras —le dio unos golpecillos en la mejilla—. Eres un buen hombre. Hagas lo que hagas, que sea sabiamente y de corazón.

Besó a Julia, se dio la vuelta y caminó hacia el grupo de gente que estaba al otro lado de la habitación.

Volteó a ver a Julia, llena de desesperación.

—Por favor, preciosa, hazla cambiar de opinión.

Julia se mordió el labio y negó con la cabeza.

—Está decidida, Montalvo. Créeme, si pudiera lo haría.

La tristeza en los ojos de Julia era más de lo que podía soportar. Había puesto a su familia entre la espada y la pared hasta que no les quedó otra salida. Eso era lo que había querido, ¿no? Obtener el estudio para convertirlo en estacionamiento. Ahora era suyo, y la victoria era superficial; diablos, ni siquiera era una victoria.

Él tomó el papel con su mano prácticamente inutilizada y acarició la mejilla de Julia con la otra. ¿Cómo iba a desearlo Julia después de que le había causado tanta tristeza a su familia? La había decepcionado, a ella y a todos.

La música que tanta alegría le había proporcionado al colocar a Julia cómodamente entre sus brazos se volvió insoportablemente alta. Retiró la mano de su tersa piel y retrocedió.

—Lo siento, Julia —cerró el puño arrugando el papel, y salió intempestivamente del estudio, ignorando el sonido de su nombre.

Capítulo Doce

Ricardo se sentó en medio de la pista de baile vacía de su restaurante, sobre un banquillo no muy cómodo del bar. Tomó nota mentalmente de que debía comprar unos más cómodos. Se acarició la barba una y otra vez, como si así pudiera obtener alguna respuesta, como el genio de una lámpara.

Miró a su alrededor. Julia había sido su genio, transformando el diseño del restaurante en uno de los mejores de la cadena. Había hecho milagros para darle al lugar el sabor de la Ciudad Vieja, y para integrarlo al entorno. La campaña publicitaria era agresiva y atractiva.

Diablos, ¿a quién quería engañar? El restaurante no significaba nada sin Julia. Ella había hecho realidad deseos que él ni siquiera se atrevía a decir en voz baja. ¿Por qué iba ella a quedarse a su lado si él ahuyentaba a toda su familia?

Ya no podía imaginarse la vida sin ella. No le daría ninguna satisfacción la inauguración del restaurante, si no podía compartirla con ella.

—Te doy un dólar por tus pensamientos —la voz de Julia flotó hasta él, acompañada por la canción de salsa que se oía a todo volumen desde el estudio. Ella se quedó parada en la puerta que separaba al restaurante de la pista de baile. Su rostro, recién maquillado, parecía de satén al irse aproximando a él. Había desaparecido todo rastro de las lágrimas, dejando sus ojos brillantes y deslumbrantes.

Ricardo tragó con fuerza ante la forma en que Julia lo subyugaba. No se sentía ofendido, pero tendría que acostumbrarse a la sensación.

—Hay cosas a las que no se les puede poner precio, ¿verdad cariño?

—No a las cosas que importan.

Caminó detrás de él y le hizo un firme masaje en el cuello y entre los hombros.

—¿Quieres hablar de ello?

—El daño ya está hecho.

La magia de sus dedos, la magia de sus besos. Él movió los hombros, pero no podía deshacer los nudos que tenía ahí ni en su interior.

—Ricardo, Chase está esperando. Le pedí que nos diera un par de minutos a solas. Eso es todo lo que puedo robarle a mi abuelo —lo tomó por el cuello y se colocó frente a él.

Sus labios se veían suaves, pintados de un color que le recordaba a una roja y jugosa ciruela. Si pudiera tan sólo probar su labio inferior, volvería a Texas sabiendo que había probado el paraíso.

—Debemos llevarlo a casa pronto.

—Hay tiempo.

Ricardo la miró a los ojos.

—¿Habrá tiempo para nosotros, Julia?

Ella recargó su frente en la de él, respirando suave y tranquilamente, casi como disculpándolo.

—Mi corazón, tienes que hacer a un lado tu culpa para abrirme espacio a mí.

—No podré hacer eso si no me perdonas antes.

Apretó los dientes.

—¿Puedes perdonarme por todo lo que le he hecho a tu familia?

—No fuiste sólo tú, Ricardo. Tú no nos *hiciste* nada. Nosotros elegimos cómo reaccionar a tu propuesta.

Él se arrancó el cabestrillo, gesticulando mientras llevaba las manos a los hombros de Julia. La reacción de su rostro le daría claramente la respuesta, fuera la que él deseaba o no.

—¿Puedes perdonarme por irrumpir en sus vidas como un lunático avaro?

Por un instante ella bajó la mirada.

—No lo sé. No lo sé —lo miró directamente a los ojos—. Yo sólo sé que te amo.

Él le estudió el rostro, arraigándose en él la agonía y la desesperación, emociones que no debían estar ahí. El nudo que tenía en el estómago se apretaba inclemente.

—Eso no es suficiente para casarte conmigo, ¿verdad?

Ella negó con la cabeza.

—Podría haberlo sido, pero tú te das por vencido de antemano.

Ella bajó las manos de sus hombros y suspiró.

Si la besaba, ella dejaría de decirle cosas que él no quería oír. Lo dudó demasiado.

Ella entrelazó sus dedos con los de Ricardo.

—Nada puede suceder hasta que enfrentes a tus demonios, y creo que yo tendré que enfrentar a los míos.

Él le acarició la mejilla con la mano izquierda, y después tomó la barbilla que tantas veces lo había desafiado a lo largo de los últimos meses.

—Entonces tengo que volver a casa, Julia.

Sintió el cuerpo de Julia tensarse bajo sus dedos.

—¿Texas? ¿Después de todo esto aún lo consideras tu hogar, o es tan sólo un lugar al que puedes huir?

—No estoy huyendo. Sólo estoy... —*huyendo*, pensó desdichadamente—. Te amo, Julia.

Ella asintió, reprimiendo las lágrimas.

—Lo sé —lo besó suavemente en los labios—. Haz lo

que tengas que hacer, cariño —murmuró y se alejó del
lugar.

El capataz saltó de su equipo y se aproximó a Ricardo.
   —Discúlpeme, Señor.
Ricardo le echó una mirada superficial y volvió a
fijar su atención en el lugar de Elvira.
   —¿Tiene algún problema?
   —De hecho sí. Mi personal lleva tres días sin trabajar
y yo me pregunto cuándo va a querer que demolamos
el edificio para ajustar mi agenda para el resto de la se-
mana.
Ricardo colocó su pie en la baranda y se recargó en
su pierna, sin despegar los ojos del estudio.
   —Le estoy pagando el doble de la tarifa normal.
¿Cree que podría inventarse alguna manera creativa de
luchar contra el aburrimiento?
El hombre no cedió.
   —Sí, señor, pero también tenemos otros clientes.
Ricardo se levantó los lentes oscuros espejados y se
los colocó sobre la cabeza desnuda.
   —Se lo haré saber esta tarde, ¿le parece lo suficientemente pronto?
   —Sí, señor.
Se dio la vuelta para retirarse.
   —Espere un minuto —se alejó de la baranda y buscó
detrás de la puerta de enfrente. Tomó varias de las
cajas de cartón llenas con el pan dulce de Marco—. Lo
siento. Ha sido un mes terrible. Esto es para su personal, el mejor pan dulce mexicano de la ciudad, y viene
de ahí enfrente —señaló hacia un almacén de alumi-
nio que estaba a la derecha del restaurante—. Ahí hay
un refrigerador lleno de refrescos y agua. Sírvanse. Va
a ser un día caluroso.
   —Gracias, señor Montalvo.
Le hizo un débil saludo al capataz. Hoy tenía que al-

canzar a Elvira cuando saliera. Durante los últimos días lo había evitado como si tuviera la peste. Si no podía convencerla de que se quedara, al menos quería presentarle un plan de contingencia.

Ella salió por la puerta en un colorido vestido de flores y tacones altos. Recargó una pequeña maleta y un cartel grande contra la pared. Sacó unas llaves de su bolso y cerró la puerta. Las volvió a colocar en el bolso y sacó una cinta adhesiva.

Hábilmente colgó el cartel y retrocedió para mirarlo. Se abrazó a sí misma por un momento, se persignó y levantó la maleta.

Ricardo aceleró el paso. No quería correr por temor a ahuyentarla nuevamente. Mientras ella daba la vuelta a la esquina, él volteó a mirar el cartel. Decía: "Cerrado".

El pánico se le atravesó en la garganta.

—¡Doña Elvira, espere!

Ella volteó a mirarlo y respiró hondo antes de hablar.

—Cariño, mañana tomaré mi avión.

—Se me ha ocurrido otra manera de que el estudio permanezca en la familia.

Había desaparecido por completo la máscara de "conquístalos y que muerdan el polvo". Era capaz de arrodillarse con tal de que lo escuchara y aprobara su idea.

—Entonces vas a necesitar esto —volvió a sacar las llaves de su bolso y se las puso en la mano.

—No vine por eso. Sólo le pido cinco minutos.

Ella cubrió el puño de Ricardo con su mano.

—Julia es desdichada. Papá extraña sus lecciones de baile.

Ricardo no pudo hablar. Durante toda la semana la oficina había emanado mensajes florales que ni siquiera podía comenzar a descifrar, y sabía que no podía volver a tomar la decisión de negocios equivocada.

La voz de Elvira recobró su tono melodioso, y lo tomó del brazo.

—Te daré diez. ¿Por qué no me cuentas tu plan con una taza de café?

Ricardo paseó de un lado al otro de la oficina. La idea de volver a ver a Julia le hacía hervir la sangre.

—¿Crees que logremos hacer esto?

—¿Qué clase de pregunta es esa? Claro que podemos —Chase le dio un golpe en la espalda a Ricardo—. Tu idea es brillante. Sé que estaré orgulloso de ti.

—No lo estoy haciendo por ti —se asomó por las persianas por centésima ocasión.

—No te haría daño mostrar un poco de tacto, cuate. ¿Julia tiene alguna idea?

—No. Sólo le dije que quería finalizar el anuncio para la Noche de Salsa de la gran inauguración del restaurante. Falta sólo una semana, así que tenemos el tiempo a nuestro favor.

Comenzó a pasear por la oficina nuevamente, golpeando el sombrero contra su muslo cada tantos pasos.

—Me estás volviendo loco, Rick. Si no te sientas te voy a atar a la silla —sacó un lazo del cajón inferior del escritorio y lo golpeó contra su palma—. Vuelve a tu oficina y yo la haré pasar. Cielos. Contrólate, hombre.

—Estoy totalmente bajo control —se colocó el sombrero en la cabeza y pasó al lado de Chase—. Puedo entender una indirecta. De todos modos tengo trabajo que hacer.

Se sentó con desparpajo en la silla y la giró varias veces. Lo último que tenía en la mente era el trabajo. Miró la caja que tenía a los pies y la otra, más grande, que estaba metida debajo de su escritorio, y le dio un leve golpe al bolsillo de su camisa.

El video del comercial ya estaba en la videograbadora y el control remoto estaba a la orilla de su escritorio. Los cuadros cronometrados del anuncio estaban esparcidos al centro de su escritorio, con aspecto de tiras de dibujos animados. Quería que todo pareciera oficial, aunque no quería creer que tendría que recurrir al protocolo.

—¿Querías verme? —la gruesa voz de Julia le borró de la mente todos los saludos que había ensayado.

—Por supuesto que quería verte, preciosa —nunca había estado más seguro de algo en su vida... hasta que notó la mirada defensiva en sus ojos—. Es decir, por favor pasa y siéntate. Tenemos que hablar sobre la inauguración.

Control, hombre.

Ella entró sin decir palabra y se sentó frente a él.

—¿Hay algún problema?

Él rodeó el escritorio y se sentó en la orilla, lo más cerca posible de ella. Julia cruzó sus largas piernas y se aferró a los posabrazos. Su pintura de uñas roja lo hipnotizaba. Él carraspeó.

—Me preguntaba si te interesaría dar clases de salsa para promocionar la Noche de Salsa una vez por semana después de que abramos el negocio.

—¿Yo? ¿Y por qué, dime?

—¿Te diste cuenta de que ya se fueron los trabajadores?

—Yo... no —se agitó en su asiento.

—Me gustaría mantener abierto el estudio.

A ella se le endureció la voz.

—Por favor no me hagas perder el tiempo. ¿Tienes algunas preguntas sobre la publicidad?

—Ninguna —puso una rodilla en el suelo.

—Pero sí tengo otra pregunta para ti.

—Ricardo, no lo hagas.

Juntó sus manos y se las llevó a los labios.

—Julia, no quiero vivir el resto de mi vida sin ti, preciosa. Quiero bailar siempre contigo el primer y el último baile, y te prometo que seguiré tomando lecciones para algún día dejar de pisarte.

Ella le puso la mano en el pecho.

—¿Cuál es tu pregunta, Montalvo? —murmuró—. Suéltala o calla para siempre.

—¿Te casarías conmigo, Julia?

Ella tomó su rostro entre las manos y lo besó de lleno en la boca. El exquisito sabor de Julia. Él sacó la caja de terciopelo azul de su bolsillo.

Se alejó renuentemente de ella.

—¿Eso es un sí? —preguntó, sin dar nada por sentado en lo que a Julia se refería.

Entrelazaron los dedos. Los olores de rosas, glicinas y varias otras flores no identificables se entrelazaban a su vez para crear un aroma simultáneamente fuerte, sensual, perfecto.

—Es un sí definitivo, Montalvo. ¿Por qué esperaste tanto tiempo?

—A veces me cuesta aprender las cosas —abrió la caja y sacó un antiguo anillo de diamante Marqués que le había pertenecido a su abuela. Lo colocó en el dedo de Julia.

—Ya es oficial, preciosa. ¿Podríamos adelantar la noche de bodas?

—Claro que no —lanzó esa risa tintineante que tanto amaba y lo volvió a besar.

—Bueno, entonces me gustaría adelantar un par de regalos de bodas. ¿Chase?

—A tu servicio.

Chase entró con una enorme carreta de tres pisos, dos llenos de copas para champaña, el otro con cubetas de hielo llenas de hielo y botellas de champaña color verde oscuro.

—Ésta es mucha champaña para tres personas —dijo Julia con los brazos cruzados.

Chase se colocó una servilleta blanca en el antebrazo y fingió un acento británico.

—Entonces, querida, ¿por qué no organizamos una fiesta?

—¡Sorpresa! —el clan entró detrás de él a la habitación, dirigida por los padres de Julia, el abuelo y Elvira.

Julia envolvió sus brazos alrededor del cuello de Ricardo.

—Te amo tanto, Montalvo.

Se besaron, ignorando las burlas y silbidos.

Chase se ocupó de servir la champaña. Se repartieron los vasos hasta que cada quien tuvo el suyo. Alzó su copa.

—Un brindis. Por dos de las personas más tercas que he conocido.

La habitación se inundó de risas.

—¡Salud!

Julia y Ricardo chocaron las copas y se bebieron la champaña afrutada. Él le besó la nariz.

Chase se dirigió hacia ellos. Abrazó fuertemente a Julia y la besó. Volteó a ver a Ricardo, lo abrazó y murmuró:

—Entre más pronto la dejes abrir los regalos, más pronto nos iremos de aquí y los dejaremos continuar, cuate.

Ricardo corrió detrás del escritorio y sacó los regalos.

—Siéntate, preciosa. Le entregó primero la caja más pequeña.

Ella volteó a ver a su familia.

—Los amo a todos.

—Ay, chiquita, ya basta de suspenso —los ojos de su abuelo brillaban alegremente.

Ella le tomó la mano y la besó antes de comenzar a deshacer el moño de satén blanco del regalo. Levantó la tapa de la caja y cuidadosamente hizo a un lado el papel de china.

Se cubrió la boca con las manos. El silencio en la habitación se hizo pesado. Ella miró a Ricardo, con sus enormes ojos llenos de lágrimas.

La voz de Lorenza tronó por encima de todos.

—Nos estamos haciendo viejos, Julia.

Julia sacó un marco. La familia retuvo colectivamente el aliento mientras leían sobre su hombro.

—No podemos ver desde acá, niña —se quejó Lorenza—. ¿Qué es?

Julia le entregó la caja a su madre y le pasó el marco a su abuelo. Ella se paró y miró a sus amigos.

—Es el contrato del estudio. Ahora está a mi nombre.

—Ahh —todo el grupo asintió y comenzó a aplaudir. Volteó a ver a Elvira.

—Tía, ¿qué...?

Elvira abrazó a Julia.

—Fue idea de Ricardo, pero lleva mi bendición.

—Gracias.

—No. Gracias a *ti* —Elvira retrocedió para unirse con el resto de la familia.

Julia volvió a besar a Ricardo.

—No sé qué decir.

—Está bien, cariño —besó el mechón de cabello que le atravesaba la mejilla—. Sólo abre la otra.

Colocó la caja entre ellos sobre el escritorio y al abrió. Lanzó un grito de alegría y tomó la pesada placa de madera que estaba en la caja. Era otro letrero pintado a mano, un duplicado exacto del letrero que Elvira había colocado ante el negocio, excepto por una pequeña diferencia.

Julia lo sostuvo sobre su cabeza y lentamente se dio la vuelta para que todos pudieran leerlo. Su sonrisa era radiante, las lágrimas eran de alegría, su beso tierno y lleno de promesas. Ricardo infló el pecho a enormes proporciones mientras miraba la placa.

El perímetro del letrero estaba decorado con bugan-
villas pintadas. En una hermosa caligrafía decía: "Estudio de baile de Elvira y Julia".

La gran inauguración del restaurante había pasado sin
incidentes. Los medios se hicieron presentes, los invitados disfrutaron, los valientes ya estaban bailando. Julia
había estado a su lado, amable y hermosa, y no podía
recordar mejores tiempos.

Le gritó a la anfitriona que cubriera la puerta. Saltó
sobre la baranda y se dirigió al estudio.

Ricardo se recargó en la puerta y observó a Julia con
su corto vestido morado. No se veía tan distinta a la
primera vez que la había visto en esta misma habitación. Su reacción física ante ella tampoco había cambiado. Se puso en una posición más cómoda. Mentira,
viejo, sí ha cambiado. En estos días le era imposible
controlar su deseo por ella.

Una melodía *country* salía del aparato de CD y Ricardo arqueó las cejas, sorprendido. Parecía que el instructor de baile en línea trataba de seguirle el paso a
Julia.

Ricardo inclinó la cabeza hacia atrás y se rió.
Cuando volvió a abrir los ojos, se detuvo de inmediato.
Julia lo miraba furiosa, con los brazos cruzados y el pie
golpeteando nervioso.

—Esta iba a ser una sorpresa.

El instructor aprovechó la intromisión. Se sentó en
una silla cercana y se limpió la frente con una toalla.
Después tomó un trago de su botella de agua.

—¿Qué es lo gracioso? —demandó Julia cuando Ricardo se volvió a reír.

—No es gracioso, preciosa, sólo maravilloso —se le
acercó y ella lo tomó de los brazos como si de repente hubiera entrado un viento helado a la habitación.

El enojo desapareció y se pasó la lengua por los labios.

—Tú también me pareces más que delicioso, Ricardo.

Ella levantó la mano y esperó.

Él deslizó el brazo alrededor de su cintura. Ella posó su mano sobre su palma y él se la llevó al pecho.

—Me gusta cómo se ven así.

Sin retirar su mirada de la de ella, le dio un golpecillo a sus botas vaqueras cafés con la punta de la suya.

—¿Se te ocurre una mejor manera de ponerte a tono? —preguntó inocentemente. Ella lo miró con ojos invitadores, para poner a prueba los límites.

—Oh, se me ocurren varias —la jaló hacia él para que no le cupiera duda alguna de que estaba seriamente considerando unas estupendas alternativas.

Comenzó a mecer las caderas de una manera súmamente sexy. Después de unos cuantos minutos de deliciosa tortura, Julia se detuvo.

—No hay música, Montalvo —dijo, sin aliento. Su pecho rozaba el de Ricardo, torturándolo a su manera, mientras trataba de recuperar el aliento.

—Siempre habrá música, preciosa.

Le dio un beso largo y lento, y dejó que la música de sus mentes los guiara a casa.

Epílogo

En una brillante tarde de septiembre Ricardo estaba sentado al lado de Julia en una carreta blanca jalada por caballos, rodeando cómodamente sus hombros desnudos con el brazo.

Ella miró el estudio y el restaurante debajo de la colina. Había miles de visitantes paseando por ahí y esperando su llegada. Las fotografías habían tardado años y estaba impaciente por llegar a ellos. Acarició la mejilla de Ricardo y con el sencillo gesto descubrió que la sensación de su barba la tranquilizaba.

—Te amo, Montalvo.

—Yo también te amo, preciosa —volteó su mano y le besó la palma.

—No te será difícil acostumbrarte a esto.

Ella se acurrucó en sus brazos y miró la cumbre del siguiente cerro. Ricardo les había comprado una nueva casa para que pudieran estar en el mismo barrio que el resto de la familia.

En el estudio la cargó firmemente por la cintura mientras ella levantaba la larga cola y velo, y la colocó suavemente en el suelo.

Ella volteó a ver el letrero que pendía del toldo. El orgullo y la alegría la recorrieron. Con su nombre al lado del de su tía, no podía irles mal.

Chase atravesó la puerta y abrazó a Julia.

—Muchacha, te ves impresionante.

La colocó al lado de Ricardo, quien de inmediato la

envolvió en sus brazos. Chase le dio un golpe a Ricardo en el pecho.

—Tienes suerte de haber visto la luz, cuate.

—Tengo suerte de que me arrastraras a ello. Cuate.

Se estrecharon las manos y después se dieron un fuerte abrazo.

—Tengo suerte de tenerte como amigo, Chase.

Julia los abrazó a ambos por la cintura.

—Yo también.

Chase le dio un ruidoso beso en la mejilla.

—Tu abuelo espera. Yo los alcanzaré más tarde. Hoy me toca hacerla de DJ.

Un Francisco impecablemente vestido los interceptó.

—Maravillosa ceremonia. Y fue un gran trabajo el del restaurante.

Los dos hombres se estrecharon las manos amistosamente.

—Tú también cumpliste —dijo Ricardo—. Gracias por usar tus influencias para ayudarnos a comprar el otro lote baldío de la cuadra. Es el estacionamiento perfecto para el servicio de valet.

—Es lo menos que podía hacer después de que tú y Julia se comprometieron e hicieron de éste un negocio muy superior a la propuesta original.

Ricardo miró al estudio.

—Sin embargo creo que le debemos la mayor parte de este éxito a Julia.

Francisco sintió y apretó la mano de Julia.

—La jardinería y los caminos empedrados fueron una gran idea. Si ustedes dos deciden entrar juntos en la política, siempre podemos usar personas con buenas ideas para hacer que las cosas sucedan.

Ricardo no iba a morder ese anzuelo.

—Creo que me gusta estar en donde estamos. —le guiñó un ojo a Julia.

Ella besó a Francisco en la mejilla.

—Gracias por todo, Cisco.

Francisco vaciló, y por un segundo la duda se asomó a sus ojos. Desapareció con igual rapidez.

—Cuando quieras, Julia. Cuídala —le dijo a Ricardo, y se alejó.

—¡Es mi turno! —gritó el abuelo. Se veía contento y guapo con su esmoquin, a pesar de la silla de ruedas. Los niños le habían pegado serpentinas y un letrero en la espalda que decía: "Nieta recién casada". Abrazó a Julia cuando se inclinó a besarlo—. Chiquita, él fue enviado aquí para ti.

—Lo sé. Nunca fui más feliz —murmuró—. Aquí no hay ningún acuerdo prenupcial, abuelo. Él es el bueno.

Ricardo tomó la mano de Julia y besó la frente de don Carlos.

—¿Alguna vez vio a una mujer más hermosa que Julia, don Carlos?

—Sólo a una, hijo —se le nublaron los ojos.

—Apuesto a que era hermosísima. Gracias por abrirme los ojos.

Ricardo jaló a Julia hacia el centro del grupo.

Lorenza le guiñó un ojo.

—Tenemos que darle a Ricardo algunos consejos para la noche de bodas.

Ricardo se ruborizó y envolvió a Julia en sus brazos.

—Sálvame.

Elvira levantó las manos.

—No, no. No tengo nada que ver con esto.

—No eres divertido —se quejó Lorenza—. Necesitamos nuevos chismes para armar otro escándalo—examinó a la gente—. Oh, Chase —gritó, haciendo a todos reír.

Elvira volteó a mirar a Julia:

—¿Ya estás lista para darle su regalo?

Ricardo miró a cada una de las tres mujeres.

—¿Tengo que ponerme algún equipo de protección?

Julia lo tomó de la mano.

—Estás listo.

Le dieron la vuelta al edificio, seguidos por todo el grupo.

—Cierra los ojos.

—Confío en que no me avergonzarás, Julia.

—Hoy no. Tienes mi palabra.

Él cerró los ojos y ella lo llevó a la ventana panorámica del estudio, cerca de la entrada principal.

—Ahora puedes abrirlos.

Sus ojos automáticamente examinaron el cartel que estaba pegado en la esquina de la ventana. Su sonrisa se volvió radiante.

Julia giró el anillo de bodas en su dedo.

—Yo hice el letrero para mi tía cuando tenía trece años. Ayer lo puse al día para que estuviera listo cuando volviéramos de nuestra luna de miel. Fue la mejor opción que se me ocurrió, después de grabar tu nombre en piedra, para hacerte parte de la familia por la eternidad. No volveremos a quitar el letrero.

—Es perfecto, preciosa. Perfecto.

La besó.

El cartel mencionaba los tipos de baile que se enseñaban en el estudio, escritos en una letra rasgada. Debajo del vals, en el único espacio disponible hasta abajo del cartel se ofrecía un nuevo baile: el paso doble.

Hogar, luna de miel, él. Ella miró a su alrededor, rodeada de aquellos que amaba, mirando a un hombre cuyo amor y promesas le hacían desvanecerse. Ella extendió el brazo y lo tocó, temiendo que desapareciera.

La música *country* llenó el aire.

—Esa es nuestra entrada.

Ricardo tomó a Julia en sus brazos y sus pies automáticamente iniciaron el lento paso doble. La gente formó un círculo a su alrededor ahí mismo, en la calle.

—Paso doble o salsa, la música no importa, preciosa

—murmuró Ricardo en su oído—. Lo importante es tenerte aquí mismo.

Apretó a Julia más fuerte, y su calor se filtró en ella.

Cuando sus labios tocaron los de ella sus dudas se desvanecieron por completo, la multitud se esfumó, y su cuerpo bailó al compás de la música más dulce que jamás había escuchado.